KB004559

완두콩의 비밀

완두콩의 비밀

오가와 이토 · 이지수 옮김

다봄북

차례

유 자 가 있 으 면

펭귄*이 고모쿠나마스**를 어떻게 만드는지 물었다.

"아휴, 그건 무리야."

딱 잘라 말했지만 뒤늦게 '맞아, 설날에는 역시 그게 먹고 싶지' 하는 생각이 들었다. 그럼 해볼까 싶어서, 어제부터 갑자기 고모쿠나마스를 만들고 있다.

그렇다 해도 미우라반도산産 무를 구할 수 있는 것도 아니고, 평소 쓰는 식재료로는 만들 수 없다. 그래서 '베를린 버전 고모쿠나마스'라고 선언하며 이번에는 말린 우엉과 연

---

* 저자가 남편을 부르는 애칭. 저자는 베를린에, 남편은 도쿄에 머물고 있는 상황이다.

** 일본의 설음식인 홍백 나마스(채 썬 무와 당근을 식초 양념에 버무린 것)에 연근이나 표고버섯, 유자 껍질, 우엉, 유부 등의 각종 식재료를 더한 초절임.

근을 기본 식재료 삼아 만들어봤다.

그 밖에는 당근이 있어서 채 썰고, 표고버섯조림도 썰고, 마지막 남은 유부 다섯 장도 볶아서 살짝 데친 우엉, 연근과 섞어봤다.

로마에 가면 로마법을 따르라.

식초도 마침 일본 것이 다 떨어져 발사믹식초로 대체했다.

현재까지는 순조롭다.

'여기에 유자가 있으면 완벽할 텐데' 생각하며 냉장고에 재워두는 중이다.

실은 작년에 엄마께 마지막으로 직접 만든 설음식 정도는 대접하고 싶어서 계획을 짜고 있었다.

하지만 병이 생각보다 빨리 진행되는 바람에 연말에는 이미 그럴 상황이 아니게 되었다.

그래서 올해는 돌아가신 분께 만들어드린다는 마음가짐으로 요리했다.

내일 일어나면 불단에도 바치자.

그나저나 고모쿠나마스를 만들 때는 매년 긴장한다.

1년에 한 번뿐이고 양도 많은 데다 나름대로 좋은 재료를 사용하기 때문에 실패는 용납할 수 없다.

그래서 돌다리도 두들겨보고 건너는 심정으로, 신중하

게 거듭 간을 보며 맛을 완성시켜나간다.

펭귄은 섣달 그믐날 혼자서 스키야키˚를 즐긴 모양이다.

낮에 전골 국물은 어떻게 만드냐고 물었다.

"간단해!" 하며 우리 집에서 늘 만드는 비율을 알려줬다.

모처럼이니 여러분께도.

사케, 설탕, 간장의 비율이 3대 1대 1.

이것을 한 번 부글부글 끓였다가 식히면 전골 국물이 완성됩니다.

냉장고에 넣어두면 꽤 오래간답니다.

오늘은 독자분께 받은 독자 카드를 읽으며 부지런히 집 청소를 했다.

독일 주택에 실제로 살아보니 독일인의 청소벽이 대충 이해되었다.

내 생각에 독일인은 깨끗한 걸 좋아하는 게 아니라 청소를 좋아하는 것 같다.

깨끗한 것을 좋아하기로는 이탈리아인이 더한 듯하고, 프랑스인은 깨끗한 것도 청소하는 것도 좋아하지 않는다.

독일인은 도구와 기계를 사랑해서 청소 도구도 아주 좋

˚ 육류(주로 소고기)와 각종 채소, 두부, 버섯, 곤약 등을 간장 양념 국물에 자작하게 졸여 먹는 전골 요리.

아한다.

크리스마스 마켓에 나온 청소 솔 전문점을 보고 생각했다.

거기로 모여든 독일인(특히 남자)들의 눈이 반짝반짝 빛나고 있었다.

확실히 독일의 주택은 청소하고 싶어진다.

그리고 청소를 하면 그 성과가 여실히 드러난다.

법랑 욕조라든가 하얀 타일이 왠지 청소 욕구를 부추기는 것이다.

하지만 독일인이 깨끗하게 청소하는 건 어디까지나 자기 집뿐인 듯도 하다.

밖에 나가면 담배꽁초가 여기저기 떨어져 있고, 요즘 시대에 개똥을 치우지 않는 사람도 있다.

거리 전체를 깨끗하게 하자는 의식은 별로 느껴지지 않는다.

베를린만 그럴 수도 있지만.

크리스마스이브에는 감자가 든 커다란 봉지를 들고 다니는 사람이 많았는데, 섣달 그믐날이 되자 모두 폭죽을 들고 있었다.

이 시기에만 가게에서 폭죽을 살 수 있는 것이다.

아무래도 섣달 그믐날에는 보통 폭죽을 쏘며 야단법석

을 떠는 모양이다.

특히 내가 사는 아파트 앞은 공원이라서, 그곳이 불꽃놀이의 메카인 듯하다…….

나는 괜찮지만 반려견 유리네는 어떨까.

베를린에서 개를 키우는 사람들은 이날 대부분 개를 데리고 시골로 피난을 간다던데.

지금도 폭죽이 드문드문 터지고 있고, 심지어 아파트 베란다 같은 곳에서 무질서하게 터트리니까 정말 무섭다.

누군가가 자신을 향해 폭죽을 쏘았다는 사람의 이야기도 들은 적 있다.

두려움에 벌벌 떨고 있는 나.

그런 것을 생각하는 사이에 일본은 벌써 자정이 지나 새해를 맞이했다.

새해 복 많이 받으세요.

올해도 잘 부탁드려요!

나의 올해 목표는 '정원 일 시작하기'랄까.

좀 더 땅과 가까운 생활을 할 수 있으면 좋겠다.

언젠가 거기서 유자를 수확할 수 있다면 더할 나위 없을 텐데.

갈 길이 아주 멀다.

오늘 저녁에는 절반 남은 스테이크 고기를 굽고, 도시코

시年越し 소바*가 아닌 도시코시 파스타를 먹어야지.

요즘 입맛이 당겨 자주 해 먹는 건 톳 낫토 파스타인데, 만들어둔 톳 낫토 무침을 파스타에 섞기만 하면 된다.

파스타도 나는 강낭콩 꼬투리처럼 생긴 좀 특이한 쇼트 파스타를 좋아해서 오늘 저녁 역시 그것을 먹을 예정이다.

펭귄은 아직도 파스타 하면 스파게티라고 생각하기 때문에 쇼트 파스타를 만들어주면 얼굴을 찌푸린다.

하지만 1인분을 만들 때는 쇼트 파스타가 아주 편하다.

섣달 그믐날이니 레드와인 정도는 마셔줄까.

하지만 내일도 아침부터 일하고 싶으니 관둘까 고민 중.

이크, 방금 전에도 어딘가에서 폭죽을 쐈다.

섣달 그믐날은 역시 조용한 일본식 밤이 좋다.

뎅, 뎅, 하고 울리는 제야의 종이 그립다.

올해가 평화롭고 웃음 넘치는 멋진 한 해가 되기를!

• 　장수와 건강을 기원하며 섣달 그믐날 자정에 먹는 메밀국수.

마쓰노우치

일본에 마쓰노우치[*]가 있듯 독일에도 비슷한 풍습이 있는 모양이다. 아무래도 어제와 오늘이 그 기간에 해당하는 것 같다.

'크리스마스가 끝났다'라는 느낌으로, 그날이 지나면 다들 집에 장식해뒀던 크리스마스트리를 길가에 내버린다.

그 폐기 방식이 대담한데, 길바닥에 그냥 내던진다.

올바른 폐기법은 가로수가 심겨 있는 흙 위에 두는 것이지만, 개중에는 아파트 창문에서 그대로 아래로 떨어트리는 사람도 있을 정도로 상당히 거칠다.

위에서 뭐가 떨어지지 않을까 싶어 조마조마하다.

---

* 일본에서 소나무로 만든 설 장식품 '가도마쓰'를 문 앞에 세워두는 기간으로, 설날부터 7일 혹은 15일까지를 가리킨다.

일본처럼 1년 동안 신세를 진 하마야*나 가도마쓰 등의 설 장식을 태워서 처리하는 방식이, 나로서는 정감이 느껴져서 좋다.

거칠기로 말하자면 섣달 그믐날의 불꽃놀이가 굉장했다.

자정이 가까워지며 상황이 점점 심해지더니 사방팔방에서 폭죽을 쏘았는데, 그 소리가 울려 퍼지자 평소와 다름없이 자고 있던 유리네가 점점 과호흡 같은 증상을 보이면서 입을 완전히 벌리고 숨을 몰아쉬었다.

나도 시끄러워서 잠을 이루지 못하고 이불 밖으로 나왔고, 결국 불꽃놀이가 진정된 새벽 2시가 다 되도록 깨어 있었다.

소리만 듣고 있으면 꼭 밖에서 대포를 쏘는 것 같아서 전쟁의 공포를 간접 체험했다.

베를린의 명물인 이 섣달 그믐날의 불꽃놀이는 일본인이라면 다들 고개를 절레절레 흔들고, 나도 이제는 결단코 사양이다.

장소에 따라 약간의 차이는 있지만 어디든 한결같이 시끄러운 모양이다.

내가 사는 지역은 그래도 아직 절도가 있는 편인 듯한

---

* 잡신을 쫓기 위해 쏘는 화살로 요즘은 정초에 신사나 절에서 판매한다.

데, 심한 곳에서는 길을 사이에 두고 마주 보는 아파트에서 반대쪽 아파트의 베란다를 향해 쏘기도 한단다.

무섭다.

분명 사고가 없지는 않을 것이다.

오늘은 일요일이라서 트램으로 몇 정거장 이동해 공원에 갔다.

한겨울의 공원 또한 기분 좋았다.

기온은 3도였지만 산책하는 사람과 조깅하는 사람으로 꽤나 붐비고 있었다.

오랜만에 목줄을 풀고 유리네를 놀게 해줬다.

전동 휠체어를 탄 할머니가 검은 개를 데리고 산책하다가, 유리네가 입은 옷에 무척 흥미를 보였다.

돌아오는 길에 트램을 기다리는데 또 다른 할머니가 말을 걸어왔다.

할머니들은 천천히 이야기해서 알아듣기 쉽다.

올해 첫 번째 목표는 독일인 할머니와 친구가 되는 것.

빨간 구두와 빨간 모자로 코디한 할머니는 유리네를 보며 이렇게 말했다.

"나도 예전에 요크셔테리어랑 허스키를 키웠는데, 다 죽었지."

내 짐작이지만 아마 그런 이야기였을 것이다.

키우던 개가 떠올랐는지 쉴 새 없이 눈물을 훔쳤다.

뭔가 다정한 말을 건네고 싶었지만 아직 그런 수준의 독일어를 구사하지 못하는 내가 한심했다.

더 열심히 공부하자.

이렇게 갑자기 해가 길어질 리 없겠지만, 동지가 지나자 왠지 어두워지는 시간이 늦어진 것 같다.

겨울의 밑바닥을 지난 느낌이라서 정신적인 일조시간이 길어졌다.

앞으로 나날이 봄과 가까워진다고 생각하면 마음이 놓인다.

이제 두 달 남짓이면 베를린에 온 지 1년이 된다.

빠르게, 정말이지 눈 깜짝할 사이에 지나간 1년.

생각해보면 격동의 1년이었네.

1월 10일

잃어버린 지갑

바로 어제 있었던 일이다.

점심때 지나 유리네를 산책시키는 김에 동네 잡화점에 갔다.

걸어서 10분도 안 걸리는 가게에서 지금 세일을 한다.

법랑 쟁반이 50퍼센트 할인 중이라는 사실을 알고 있었기 때문에, 그걸 사는 게 목적이었다.

유리네를 산책시킬 때는 산책용 숄더백을 들고 다닌다.

평소에는 지갑에 현금만 조금 넣어두지만, 어제는 쇼핑을 하기 위해 은행 카드(신용카드처럼 써서 물건을 살 수 있다)와 혹시라도 무거워서 지하철을 탈 경우를 대비해 일단 한 달짜리 정기권을 넣어두었다.

순조롭게 50퍼센트 할인 쟁반을 사서 은행 카드로 물건

18

값을 지불하고, 별로 무겁지 않아서 다시 걸어 집으로 돌아
왔는데 산책용 숄더백을 내려놓은 순간 가방이 묘하게 가볍
다는 것을 깨달았다.

왜냐하면 지갑에는 동전이 잔뜩 들어 있었고, 유로 동전
은 터무니없이 무겁기 때문이다.

분명 뭔가 잘못됐다고 생각하며 허겁지겁 뒤져봤더니
역시 지갑이 사라져 있었다.

가장 먼저 머릿속에 떠오른 건 가게였다.

가게에 두고 왔나 싶어서 곧장 전화해봤지만 없다고
했다.

대단히 먼 거리도 아니었고, 방금 전에 일어난 일이니 일
단 왔던 길을 한번 되짚어가보려고 다시 집을 나섰다.

하지만 길에도 역시 없었다.

가게로 다시 가서 바닥에 떨어져 있지 않은지 살펴봐달
라고 하고, 어떤 지갑인지 설명한 뒤 혹시 발견되었을 때를
대비해 연락처를 남겨두고 왔다.

그런 다음 은행에 가서 카드를 분실했다고 알리고 재발
급을 신청하고 왔다.

가게에 없다면 생각할 수 있는 건 소매치기였다.

내가 산책용으로 쓰는 가방은 지퍼가 없는 타입이라서
곧바로 손을 넣을 수 있다.

펭귄은 늘 체인을 달라고 잔소리를 했다.

하지만 가방은 옆구리에 딱 붙어 있었으니 그런 일이 생겼다면 눈치를 챘을 것이다.

인파에 휩쓸린 기억도 없었다.

'모르는 사이에 소매치기를 당했다면 상당한 프로일 거야. 어딘가에 악용되는 건 싫은데' 하고 생각했다.

여권 사본과 주민등록등본 사본 등이 들어 있었기 때문이다. 은행예금은 비밀번호를 모르면 인출할 수 없으니 괜찮겠거니 했지만 그래도 불안했다.

게다가 정기권 기간이 열흘 정도 남아 있었던 것도 분했다.

현금이야 이를 갈며 잠을 못 이룰 정도의 금액은 아니었지만, 지갑을 잃어버린 것이 처음이었고 내가 정신을 똑바로 차리지 않았던 탓이라고 생각하자 울적했다.

베를린에 대충 익숙해져서 방심했던 건 확실하다.

주소와 이름과 전화번호가 모두 노출되었으니 도둑이 들면 어쩌지. 그런 걱정을 하고 있었다.

돈은 진작 포기했지만 지갑 자체가 애착이 가고 쓰기 편한 물건이었다.

그 지갑이 어느 쓰레기통에 버려지는 것을 상상하면 견딜 수 없었다.

그런데 이것 봐라, 오늘 산책 가기 전에 우편함을 들여다봤더니 놀랍게도 지갑이 들어 있었다.

물론, 이라고 해야 할까, 현금은 동전을 포함해 남김없이 사라진 채였지만.

은행 카드도 그대로였고, 오히려 지갑 속이 깨끗하게 정리되어 돌아왔다.

기뻤던 점은 정기권도 돌아왔다는 것.

함께 넣어뒀던 정기권 외의 승차권도 그대로여서 사라진 건 현금뿐이었다.

이리 될 줄 알았다면 어제 허둥지둥 은행에 가지 말고 하루쯤 상황을 지켜볼 것을 그랬나, 하고 더 바라는 마음이 생겼다.

하지만 사실 나는 '이렇게 되면 좋겠는데' 하는 희미한 기대를 품고 있었다.

그래서 지갑이 우편함으로 돌아와 있는 것을 봤을 때는 뛸 듯이 기뻤다.

아마 가게에서 지갑을 주운 누군가가 현금만 빼고 돌려준 거겠지.

아니면 현금을 빼고 버린 지갑을 또 다른 누군가가 주워 줬거나.

그런데 후자의 경우라면 "길에 떨어져 있더군요" 하고

한 마디 곁들여도 좋았을 테니, 역시 가능성이 높은 쪽은 주운 본인이 되돌려놓았다는 가설이다.

일본처럼 잃어버린 지갑이 현금까지 그대로 돌아올 만큼 만만한 곳은 아니지만, 왠지 이 방식이 자못 베를린스럽다며 감탄했다.

게다가 직접 우편함에 넣고 갔다는 점이.

그러고 보니 오전에 초인종이 두 번쯤 울려서 응답했지만 상대가 아무 말도 하지 않은 일이 있었다.

출입구 열쇠가 없는 외부인이 건물로 들어오려 할 때 집에 있는 누군가에게 부탁해 열어달라고 하는 건 자주 있는 일이라서 딱히 신경 쓰지 않았는데, 아마도 그 사람은 내가 집에 있다는 사실을 확인하고 우편함에 넣어뒀을 것이다(추측).

굳이 지갑을 돌려주러 왔으니 그 안에 들어 있던 몇천 엔가량의 현금으로 맛있는 음식이라도 사 먹어준다면 그걸로 됐다.

은행 카드를 재발급할 때 수수료가 들긴 했지만, 뒷맛 나쁜 엔딩은 아니었으니까 잘된 셈 치자.

그리고 나는 곧장 지갑을 체인, 아니 끈으로 가방에 연결했다.

옷핀으로 끈 한쪽을 가방에 달고 다른 한쪽을 지갑에 연결시키는 방식인데, 추천합니다.

펭귄의 누나가 선물해준 물건이니 되돌아와서 정말 다행이다.

잘됐다, 잘됐어.

겨울 소풍

주말에 평소 친한 여자들 셋이서 겨울 소풍을 다녀왔다.

이번에는 하룻밤 묵는 일정으로 온천에.

온천 하면 일본의 명소라는 인상이 있지만 독일에도 온천이 꽤 많다.

브란덴부르크 카르테라고 하는, 브란덴부르크주州에서는 다섯 명까지 탑승 가능한 티켓을 사서 전철과 버스를 갈아타며 갔다.

전철을 타자마자 도시락을 열었다.

나는 주먹밥을 싸 갔다.

셋 다 나이가 비슷하지만 드물게도 내가 가장 언니인 탓에, 이 멤버로 어딘가에 함께 갈 때는 동생들에게 뭔가 맛있는 것을 먹이고 싶어져 무의식중에 힘을 주게 된다.

이번에는 일본에서 구워서 가져온 자반연어를 잘게 찢어 주먹밥에 넣었다.

나는 밍밍한 자반연어보다 짜디짠 자반연어를 더 좋아한다.

자반연어는 아주 조금만 먹어도 밥이 절로 넘어간다.

주먹밥과 함께 표고버섯조림과 훈제 단무지를 싸 갔다.

"뭐? 학교? 학교가 뭐야?"*

농담을 하면서, 맛있다, 맛있다, 하며 훈제 단무지를 먹었다. 학교는 아니지만.

이번에 가는 곳은 폴란드 국경 근처에 있는 슈프레발트라는 지역의 온천이다.

거기에 일본의 온천 테마파크 같은 시설이 있다.

욕탕의 염도가 높아 사해와 거의 비슷하다.

그게 기대되어서 꽤 오래전부터 겨울 소풍을 기획했던 것이다.

버스 정류장이 어디인지 몰라 타려고 했던 버스를 놓쳐버리는 등 작은 해프닝도 있었지만 온천은 아주 좋았다.

독일의 사우나는 기본적으로 남녀가 알몸으로 함께 들어가는데, 그곳에는 수영복 착용 구역도 있어서 나는 일단

---

* 훈제 단무지는 일본어로 '이부리갓코'라고 하며 학교(갓코)와 발음이 겹친다.

그 구역에서 온천을 즐기기로 했다.

큼직한 실내 수영장과 사우나, 노천탕 등 몇 가지 베리에이션이 있었지만 우리를 사로잡은 것은 단연 '둥실둥실'이었다.

염도가 높아서(확실히 입으로 들어온 물이 짰다) 둥실둥실, 둥실둥실, 몸이 뜨는 것이다.

사실 나는 같은 경험을 에스토니아에서도 한 적이 있는데, 그때 너무도 기분이 좋아서 그 느낌을 못 잊고 있었다.

그저 물에 떠 있을 뿐이지만 엄청나게 기분 좋다.

우주에 휙 내던져진 듯한 느낌인데, 얼마든지 둥실둥실 떠 있을 수 있다.

실제로 나는 대략 두 시간쯤 둥실둥실 떠 있었다.

실은 좀 더, 좀 더, 언제까지고 떠 있고 싶었지만 호텔 체크인 시간이 다 되어서 눈물을 흘리며 둥실둥실을 멈췄다.

다음에는 아침부터 밤까지 둥실둥실을 하고 싶다.

온천을 나온 무렵에는 밖이 어두컴컴했다.

원래는 그 시설 안에 있는 호텔에 묵고 싶었지만 빈방이 없었던 탓에 근처의 친환경 호텔에서 자게 됐다.

근처라 해도 걸어서 30분 정도 걸렸다.

게다가 가로등이 전혀 없어서 정말로 칠흑 같은 어둠 속을 터벅터벅 걸어갔다.

차도 옆에 인도가 있어 다행이었다.

여하튼 주변이 하나도 안 보였기 때문에 인도만을 의지해 앞으로 나아갔다.

그리하여 겨우 친환경 호텔에 도착했다.

그 친환경 호텔이 또 예쁘고 멋져서 대만족이었다.

방에는 사우나도 딸려 있어 더할 나위 없었다.

저녁밥도 거기서 먹을 수 있다나.

와인을 마시며 여자 셋이서 목욕 후의 신년회에 흠뻑 취했다.

모두가 저마다 이런저런 일들을 껴안고 있지만, 서로를 격려하며 행복도 불행도 함께하자고 말해주는 친구가 있다는 건 행복한 일이다.

"나, 어쩌면 여자들끼리만 여행 온 건 10대 이후로 처음인지도 몰라" 하고 누군가 말하자 나도, 나도, 하며 다들 맞장구쳤다.

확실히 여자끼리만 여행하는 일은 최근에는 없었던 것 같다.

하지만 그 자리에 남자가 없다는 것만으로 마음이 무척 편했고, 수학여행 같은 즐거움이 있었다.

뭘 하든 재미있어서 밤에 방으로 돌아온 뒤에도 차를 마시며 수다를 떨었다.

조식도 샐러드와 소시지와 햄 등이 다양하게 있어 아주 만족스러웠다.

결론적으로 처음에 묵으려 했던 호텔보다 우리에게 훨씬 잘 맞는 곳이었다.

어제는 어두워서 하나도 보이지 않았는데 중정에 연못이 있었고, 아침에 얼음이 얼어 있었다.

돌아오는 길에는 또다시 30분을 걸어서 버스 정류장으로 향했다.

돌아오는 길에 본 서리가 무척 아름다웠다.

집 된장

된장을 담그고 석 달 정도 지나면 먹을 수 있다고 들었는데, 새해가 되자 벌써 구수한 냄새가 나기 시작해 열어보기로 했다.

따뜻한 곳에 둬서 발효가 빨리 진행된 건지도 모른다.

도중에 한 번 가스가 나와서 빼주긴 했지만 곰팡이는 전혀 피지 않았다.

대두 삶은 물을 거의 넣지 않는 등, 되도록 수분을 더하지 않고 담근 방식이 좋았던 건지도 모른다.

두근거리는 마음으로 맛을 봤더니 된장이 제대로 익어 있었다!

게다가 엄청나게 맛있었다.

해냈다, 대성공.

이로써 집 된장을 먹을 수 있게 됐다.

커다란 용기에 넣어 담그는 등 여러 가지 방식이 있지만 이번에 나는 지퍼가 달린 봉지에 넣어 담갔다.

결과적으로 아주 간편한 방식이었던 듯하다.

공기가 들어가지 않도록 관리하는 것도 편했고, 도중에 가스를 뺄 때도 지퍼를 조금 열어 거기로 빼내면 되니 간단했다.

곰팡이가 생기는 이유는 공기와 접촉하기 때문이다.

그러므로 되도록 공기에 닿지 않는 환경을 만들어주면 된다.

이번에는 큼직한 봉지에 전부 합쳐 넣었지만, 다음부터는 작은 봉지에 소분해서 담그려고 한다.

그편이 다루기 좋고 위아래를 뒤섞기도 쉽다.

쓸 분량만큼만 덜어낼 수 있는 것도 편리하다.

큰 봉지에 넣었던 것은 병 등의 용기에 소분했다.

친구들에게도 조금씩 나눠주려고 한다.

어제는 곧장 당근을 쪄서 집 된장과 올리브유를 뿌려 먹었다.

매주 금요일에 열리는 마르크트(노천 시장)에 나오는 채소 가게의 당근이 굉장히 맛있다.

솎아낸 당근인지 크기가 제각각이지만, 신선해서 삶으

면 달착지근해진다.

눈에 띄면 나도 모르게 사버리는 통에 요즘 당근만 먹고 있다.

된장과 올리브유는 궁합이 아주 좋다.

이번에는 보리누룩과 현미누룩 두 종류를 같은 양으로 담갔다.

맛에 큰 차이가 없어서 우열을 가리기 힘들었다.

하지만 보리누룩이 약간 더 맛있는 것 같다.

다음번에는 보리누룩만으로 담가도 될 듯하다.

지금 도쿄에서 혼자 지내는 펭귄은 요리에 눈뜬 모양인지 매일 직접 만든 요리 사진을 찍어서 부지런히 나한테 보낸다.

확실히 전부 맛있어 보인다.

이쪽은 어떤가 하면, 밖으로 나가는 건 추우니까 나 역시 부지런히 밥을 해 먹고 있다.

겨울 칩거 중이라서 먹는 건 하나같이 일본의 건조식품이다.

그래서 아주 건강한 식생활을 하고 있다.

낮에 카페는 가지만 저녁밥을 밖에서 사 먹는 건 일주일에 한 번 정도다.

여름에는 밖으로, 겨울에는 안으로.

이 진폭이 정말이지 베를린스럽다.

단, 군만두에는 고전을 면치 못하고 있다.

냉동 만두를 잘 굽지 못해서 현재 4연패 중이다.

처음에 너무 잘 굽는 바람에 '뭐야, 간단하잖아' 하고 방심했던 게 잘못이었다.

초심자의 행운에는 주의를 기울여야 한다.

다음번에는 과연 잘 구울 수 있을까?

참, 그렇지. 기쁜 뉴스가 하나 있습니다.

저의 소설 『반짝반짝 공화국』*이 2018년 서점대상 후보에 올랐습니다!

후보에 오른 건 작년에 이어 2년 연속이에요.

순수하게 기뻐하는 나.

자화자찬手前味噌**이라 죄송합니다.

토요일 아침의 빛이 아주 예뻤다.

저번에 꽃집에서 산 구근에서 나온 건 엄마가 아주 좋아했던 연분홍색 히아신스였다.

슬슬 봄이 기다려진다.

* 권남희 옮김, 위즈덤하우스, 2018.
** 일본어로 된장을 미소味噌, 자화자찬을 데마에미소手前味噌라고 하는 것에서 착안한 말장난.

목 요 일 을 보 내 는 법

펭귄으로부터 일본 집 세탁기의 탈수 기능이 고장 났다는 연락을 받았다.

아직 그리 오래 쓰지 않았는데, 하며 한숨을 쉬고 있었더니 몇 시간 뒤에 다시 연락이 와서 고쳤다고 했다.

아무래도 심한 추위에 수도관이 얼어서 탈수가 안 되었던 모양이다.

뜨거운 물을 끼얹어 무사히 해결했단다.

도쿄보다 베를린이 더 따뜻하다니 기분이 이상하지만, 여기는 엊그제와 어제 최고기온이 10도를 넘었다.

이런 일은 좀처럼 없기 때문에 뭔가 다들 들떠 있다.

나도 오늘은 따뜻하니까 아이스크림이 먹고 싶은걸, 하고 생각하기도.

아직까지 본격적인 눈도 오지 않았다.

한때 얼기 시작했던 연못의 표면도 다시 녹아버렸다.

혹시 이대로 봄이 오려나?

어제 오후에는 사우나에 다녀왔다.

친구가 알려준 집 근처 사우나인데 어제는 여성 전용 입장일이었다.

남녀가 알몸으로 섞여 있는 것도 뭐 괜찮지만, 역시 여자만 있는 쪽이 여러모로 편하다.

그 사우나가 너무너무 좋았다!

한 시간에 한 번씩 사우나 관리인 아주머니가 일종의 의식 같은 것을 진행한다.

그 시간이 되면 모두가 줄줄이 사우나 룸으로 모여든다.

그러면 인도풍 음색의 종을 치고, 아로마 에센스를 섞은 물을 뜨거운 곳에 아낌없이 뿌린다.

그런 다음 커다란 부채 같은 것을 치켜들어 공기를 뒤섞으며 한 사람 한 사람에게 뜨거운 바람을 보내준다.

그것만으로 땀이 쭉쭉 배어 나온다.

어제는 오렌지와 자몽, 라벤더 향이 사우나에 퍼졌다.

게다가 좋은 것이 또 있는데, 바로 과일이다.

'뜨겁다, 뜨거워, 이제 밖에 나가고 싶어!' 하는 순간 차가운 과일이 나오는 것이다.

땀을 흘리며 한입 가득 먹는 자몽은 최고로 맛있었다.

작지만 정원도 있어서 사우나에서 몸을 달군 후엔 바깥으로 나가 벤치에서 쉰다.

몸이 식으면 다시 사우나에서 땀을 흘리고, 뜨거워지면 정원으로 간다.

그리고 한 시간에 한 번씩 사우나 의식.

그런 걸 반복하다 보니 세 시간이 훌쩍 지나 있었다.

누울 수 있는 공간도 있어서 몸을 치유하기에는 최고의 장소였다.

조명도 대부분 양초인 덕분에 전혀 눈부시지 않은 것도 너무 좋다.

커다란 스크린에는 영상이 흐르고 있어서 아주 분위기 있다.

남녀가 함께 알몸으로 있으면 역시 책상다리로 앉는 건 망설여지니까, 여성 전용 입장일에 가는 쪽이 편하게 쉬기 좋다.

그 사우나가 마음에 쏙 들었다.

어제는 꽤나 지쳐 있었지만 사우나 덕분에 피로가 풀려 상쾌해졌다.

그러니 목요일 오후에는 사우나에 가자!

아 인 슈 타 인 의 말

'조용하고 검소한 생활은 끊임없는 불안에 시달리며 성
공을 추구하는 것보다 많은 기쁨을 안겨준다.'

이것은 아인슈타인의 말이다.

1922년, 도쿄 데이코쿠 호텔에 묵었을 때 아인슈타인이
거기서 일하던 벨보이에게 팁 대신 건넨 메모라고 한다.

신문 기사에 나와 있었다.

벨보이의 여동생은 이 말이 적힌 메모지를 금고 속에 소
중히 보관했다고 한다.

그 후 메모지는 요코하마에서 독일로 건너왔고, 일본인
아버지와 독일인 어머니 사이에서 태어난 남자에게 발견되
었다.

투자 회사에서 일하는 서른다섯 살 그 남자는 함부르크

의 자택에서 이삿짐을 싸던 중 식기장 서랍에 들어 있던 봉투를 발견했다고 한다.

그리고 그 안에서 나온 것이 이 메모다.

자기가 가지고 있어봤자 낡을 뿐이라며, 남자는 메모를 경매에 내놓았다.

그리고 1억 6900만 엔(수수료 포함)이라는 가격에 낙찰되었다고 쓰여 있었다.

얼마나 좋은 말인가.

그런데 어째서 팔아버렸을까. 할머니가 기껏 소중히 보관해왔는데.

돈이 궁했다면 또 모를까.

그런 생각도 들었다.

그나저나 거의 100년 전에 쓴 말이라는 것을 믿을 수 없다.

아인슈타인은 현재를 살아가는 우리에게 말을 걸고 있다.

오늘은 우편함에 편지가 두 통 들어 있었다.

둘 다 일본에서 온 것인데 한 통은 일을 함께 했고 그 뒤로도 관계가 이어지고 있는 카메라맨 친구로부터.

그리고 다른 한 통은 대학교 시절 친구로부터.

지난해 독자와의 만남을 가졌을 때 불쑥 와줬던 것이다.

대학교 친구가 보낸 편지에는 육필로 직접 옮겨 쓴 오사다 히로시 시인의 시가 두 편 들어 있었다.

「음식 속에는」과 「후로후키* 먹는 법」.

두 편 모두 내 가슴에 정확히 날아들었다.

부엌 벽에 붙여두고 매일 읽어야지.

이제 곧 2월.

베를린에는 아직 본격적인 겨울이 오지도 않은 듯한데, 설마 이대로 봄을 맞이하는 걸까.

가장 따뜻한 다운 코트가 필요 없어졌다.

하지만 나는 아파트 앞 연못이 얼면 거기서 스케이트 타는 것을 은근히 기대하고 있었는데.

왠지 허탕 친 느낌이다.

매화나무는 어디 없을까?

* 무를 푹 삶아서 된장 소스를 발라 먹는 일본 요리.

2월 9일

맹추위와 맹더위

왔다, 왔다, 드디어 왔다. 추운 겨울.

이제야 겨울다운 겨울이 되었다.

최고기온 0도, 최저기온 영하 6도.

이런 날을 기다리고 있었다.

단, 하늘이 엄청나게 쾌청해서 집에 있으면 단순히 맑은 날과 다를 바가 없다.

내가 사는 아파트는 건물 만듦새가 튼튼해서 그런지 일본 집이 더 춥게 느껴질 정도로 집 안이 따뜻하다.

그래서 밖으로 나가면 깜짝 놀란다.

하지만 하늘이 맑아서 기분 좋기 때문에 밖에서 걷는 것도 힘들지 않다.

개중에는 일광욕을 즐기는 사람이나 추운 가운데 밖에

서 커피를 마시는 사람들도 있다.

새도 울기 시작했다.

이번 주는 내내 그런 날씨였기 때문에 집에 틀어박혀 영화만 봤다.

⟨해변의 삶과 죽음⟩도 좋았고, ⟨45년 후⟩도 좋았고, ⟨아주 긴 변명⟩도 훌륭했다.

⟨커피에 대한 모든 것A FILM ABOUT COFFEE⟩은 커피콩에 관한 다큐멘터리인데 이걸 보고 평소 아무 생각 없이 마시는 커피가 얼마나 귀중한 것인지 깨달았고, 그렇기에 함부로 마실 게 아니라며 반성했다.

그리고 전에도 봤던 ⟨그가 돌아왔다⟩*를 다시 한번, 독일어 공부를 겸해 봤다.

이 영화는 독일의 사정과 풍경에 겹쳐서 보면 더욱 깊이를 느낄 수 있다.

그중에서도 가장 인상 깊었던 건 ⟨글리슨⟩이었다.

난치병인 루게릭병을 앓게 된 전前 인기 미식축구 선수 스티브 글리슨에 관한 다큐멘터리인데, 그가 개인적으로 찍어나간 영상 일기를 바탕으로 한 것이다.

글리슨은 병을 선고받은 것과 거의 같은 시기에 아내 미

---

* 아돌프 히틀러가 2010년대 독일에서 다시 살아나 히틀러 흉내를 잘 내는 코미디언으로 오해를 받는다는 내용의 영화.

셸의 임신 사실을 알게 된다.

둘 사이에서 생긴 첫아이.

인생의 빛과 어둠이 이만큼이나 교차하는 순간도 없다.

영상 일기는 앞으로 태어날 아이 앞으로 글리슨이 남긴 것이다.

조금씩 몸의 자유를 빼앗겨가는 글리슨의 모습이 생생하게 기록되어 있다.

그런 글리슨을 곁에서 지탱해주는 미셸이 정말 대단하다.

그리고 태어난 아들, 리버스.

글리슨은 리버스를 안아줄 수 없는 대신 전동 휠체어에 태우고 씽씽 달린다.

한 인간의 힘이 얼마나 굉장한지 깨달았다.

글리슨에게 일어난 일은 "역경에도 지지 않았다"라는 단순한 말로는 다 담아낼 수 없다.

아버지와의 갈등도 포함해 그는 남들의 몇 배나 되는 빛과 어둠을 경험했다.

그럼에도 살고자 하는 모습이 가슴을 울렸다.

글리슨의 활동 덕분에 수많은 루게릭병 환자가 도움을 얻었다.

그였기 때문에 가능한 일이었다.

글리슨은 점차 몸이 굳어가고 말도 못 하게 된다.

미식축구 선수로 뛰었던 시절을 생각하면 상상도 못 할 정도로 여위기도 했다.

그럼에도 반짝이는 영혼이 느껴지는 모습이 아름다웠다.

그나저나 기술의 진보는 굉장하다.

이렇게 인터넷으로 간단히 영화를 다운로드할 수 있는 것도 그렇고, 말을 못 하게 된 글리슨의 성대를 대신해 눈의 움직임으로 말을 전달하는 시스템도 대단하구나 싶었다.

본인의 목소리로 재생되기 때문에 마치 글리슨이 말하고 있는 것처럼 들린다.

글리슨은 지금 그런 기술의 개발에도 참여하고 있다고 한다.

아직도 보고 싶은 영화가 많이 남아 있기 때문에 이번 달은 영화의 달로 정했다.

어제는 목요일이어서 사우나에 다녀왔다.

맹추위와 맹더위를 오가며 땀을 잔뜩 흘렸다.

영하의 기온에서 목욕 가운 한 장만 걸치고 밖에 있다니, 상상하면 닭살이 돋지만 그게 너무나 기분 좋아서 그만둘 수 없는 것이다.

그리고 오늘은 오후에 도수 치료를 받으러 간다.

설 날

지난 주말, 펭귄이 베를린에 와서 오랜만에 우리 가족이 모두 모였다.

아직 새해가 온 것을 함께 축하하지 않았기 때문에, 이제야 드디어 설날이 된 기분이다.

밤에 유리네를 사이에 두고 내천 자川 모양으로 누웠더니 역시 마음이 안정되었다.

어디까지 이해하고 있는지 미묘하긴 하지만 유리네도 어쩐지 기뻐하는 것 같았다.

펭귄이 떡을 가지고 와서 조니*를 먹을 수 있게 됐다!

어제는 한때 트램 수리 공장이었던 곳**에서 열린 피아

* 간장이나 된장 국물에 떡을 넣고 끓여 먹는 일본의 전통 요리. 주로 설날에 먹는다.

노 콘서트에 다녀왔다.

처음 가본 곳이었는데 분위기가 아주 좋았다.

피아니스트가 그곳에서 수리한 피아노를 한 대씩 치며 경연을 벌이는 퍼포먼스가 근사했다.

일요일 밤 8시부터 열린 콘서트였고 동네 풍경도 조금 황량했지만 콘서트장에는 대략 300명쯤 되는 관객이 와서, 이런 이벤트에 사람이 이만큼 모이는 베를린은 역시 대단하구나 싶었다.

티켓값도 25유로(음료 포함)로 저렴했고, 그 근처에 사는 사람들이 저녁을 먹은 뒤 평소의 옷차림으로 훌쩍 모인 듯한 느낌이 무척 편안했다.

이런 허세 없는 곳에서 일류 피아니스트의 연주를 들을 수 있다니 너무나 호사스럽다.

또 한 군데, 베를린에서 마음에 드는 장소가 생겼다.

참 그렇지. 다방면에서 합리적인 시스템을 채용하고 있는 독일은 전기 요금을 지불하는 방식도 지극히 합리적이다.

처음에는 기본요금이 한 달에 90유로라는 말을 듣고 비싸다고 생각했지만, 애초에 기본요금의 의미가 일본과 다

●● 폐공장을 개조해 만든 피아노 살롱으로, 낡은 피아노를 수리해 공연을 열고 판매하기도 한다.

르다.

일본은 한 달에 얼마나 썼는지를 매달 계산해서 그때그때 딱 맞는 요금을 내지만, 독일은 그것을 매월이 아니라 1년 동안의 총량으로 정한다.

기본요금이란 전년도 사용량에서 산출한 '한 달에 대략 이 정도' 하는 금액인데, 그것을 매달 같은 금액으로 임시 지불해두고 1년에 한 번만 정확히 계산해서 덜 낸 돈은 추가로 내고 더 낸 돈은 돌려받는 시스템이다.

확실히 그편이 매달 계산하는 것보다 수고를 줄일 수 있다.

독일인은 정말이지 온갖 면에서 철저하게 합리적이다.

그래서 작년에는 한 달에 90유로씩 냈지만, 전구를 LED로 바꾸거나 세탁기도 나 혼자 있을 때는 너댓새에 한 번만 돌리는 등의 노력을 했더니 기본요금이 대폭 줄어서 올해부터는 한 달에 40유로가 되었다.

일본도 개인이 전력 회사를 선택할 수 있도록 차츰 변해가는 중이지만, 독일은 더욱 진화하여 천연 에너지만 쓰는 전력 회사를 고를 수도 있는 등 선택의 폭이 넓어지고 있다.

이번 달은 펭귄도 있고 하니 좀 늦은 설 연휴라 치고 느긋하게 보내야지.

겨 울 하 늘 아 래

오늘은 금요일이라서 동네 광장에 마르크트가 선다.

펭귄이 무슨 일이 있어도 생선구이를 먹고 싶다고 해서, 점심때 주먹밥과 간장을 들고 마르크트에 갔다.

도중에 제과점에 들러서 식후에 먹을 간식도 샀다.

거의 첫 손님이었다.

여름만큼은 아니지만 겨울인데도 마르크트에서 밥을 먹는 사람들이 많았다.

고등어 통구이를 주문해놓고 기다리던 중, 생선 가게 주인이 기다리는 사이에 먹어보라며 시식용 생선 수프를 줬다.

토마토 맛이 살아 있어서 맛있었다.

펭귄은 그 옆의 터키 부식품점에서 터키 반찬을 사 왔다.

오랜만에 먹는 고등어 통구이.

주먹밥과 간장을 들고 간 것이 정답이었다.

그나저나 춥다.

방금 전까지만 해도 분명 김이 모락모락 나던 요리가 순식간에 차가워졌다.

요즘 더더욱 식탐이 많아진 유리네는 자기도 달라며 폴짝폴짝 뛰었다.

너무 시끄러워서 조금 떨어진 곳에 있는 나무에 묶어뒀더니 원망 어린 눈빛으로 생선 가게 쪽을 물끄러미 바라보고 있었다.

그 뒷모습이 너무너무 귀여웠다.

식욕에 불이 붙은 듯한 펭귄은 생선과 반찬을 먹은 뒤 입가심(?)으로 소시지도 집어먹었다.

확실히 맛있긴 하지만.

나는 평소 잘 가는 커피 노점상에서 카푸치노를 사서, 속수무책으로 반해버린 프랑스 빵집의 카늘레를 한입 가득 먹었다.

펭귄이 고른 퀸아망°도 바삭바삭 상당히 잘 굽혀 있었다.

마지막으로 채소 가게에서 로메인 상추와 파를 사서 얼른 집으로 돌아왔다.

°   버터를 넣은 반죽을 여러 겹으로 구운 프랑스 브르타뉴 지방의 전통 빵.

역시 오랫동안 밖에 있으면 몸이 점점 차가워진다.

오늘은 밤에 손님이 온다.

꽤 늦었지만 신년회를 열기로 해서 어제부터 소매를 걷어붙이고 요리를 하고 있다.

메뉴는 대략 이렇다.

쓰키지 수산물 시장에서 사 온 젓갈

고추냉이를 곁들인 박고지

달걀찜

유부와 감자조림

바삭바삭 누룽지

말린 청어

올리브유를 뿌린 고비나물

술지게미에 절인 소고기

로메인 상추

페페론치노를 넣은 메밀국수

펭귄이 일본에서 여러 가지 식재료를 들고 와준 덕분에 지금 요리 뇌가 활성화되어 있다.

역시 요리는 즐겁다.

말린 청어는 일부를 집에서 담근 된장에 절여 청어 된장으로 만들었다.

조금 더 재워두면 완성이다.

밥에 올려 먹어도 좋고 술안주로도 좋다.

내가 만든 된장은 나만의 착각이 아니라 펭귄에게도 크게 호평받았다.

단, 맛있어서 부쩍부쩍 줄어드는 게 조금 곤란하다.

추억의 호텔

남프랑스에 다녀왔다.

이번에도 가는 길에는 지라시스시* 도시락을 만들어 가져가서 하늘을 날며 먹었다.

참고로 처음 가본 쇠네펠트 공항(베를린에 있는, 테겔 공항 말고 다른 공항)은 놀랍도록 군더더기가 없는 소박하고 튼실한 공항이었다.

이번에는 앙티브에서 출발해 '매 둥지 마을'에서 하룻밤씩 묵고, 마지막에는 니스에서 다시 베를린으로 돌아오는 여행을 계획했다.

나에게 남프랑스는 추억의 땅이다.

• 초밥용 밥 위에 다양한 재료를 올려 먹는 일본 요리.

벌써 20년도 더 전에 니콘 카메라 F3을 들고 홀로 여행한 곳도 남프랑스였고, 그 뒤 펭귄과 지금 돌이켜보면 혼전 여행 같은 느낌으로 함께 돌아다닌 곳도 남프랑스였다.

남프랑스에는 산 쪽으로 좀 들어간 곳에 '매 둥지 마을'이라고 불리는 작은 마을이 점점이 있다.

20년 전 혼자 여행할 때도 노선버스를 갈아타며 그런 마을을 찾아다녔다.

그 시절부터 나는 니스나 칸 같은 대도시보다 작은 마을을 더 좋아했다.

마을 자체의 분위기가 몹시 아름답다는 데 일단 놀랐고, 그 마을의 아름다움에 긍지를 가지고 생활하는 사람들의 모습에도 감동했다.

그리고 일상생활 자체를 여유롭게 꾸려나가려 하는 프랑스인의 자세에 자극을 받았다.

그 여행은 어떤 면에서 나에게 커다란 계기가 되었고, 그 이후 나는 회사에 소속되어 누군가의 밑에서 일한 적이 없다.

어렴풋한 다짐이긴 했지만, '이야기를 쓰는 사람이 되자'라는 조그만 불빛을 가슴에 밝힌 여행이었다.

많은 미술관을 둘러봤고, 만난 사람들을 사진에 담았다.

그때의 나는 인생에서 가장 예민했을지도 모른다.

정수리에 안테나가 서 있어서 보는 것, 접하는 것, 모든 게 마음의 양식이 되었다.

그중에서도 한 군데, 기억에 선명히 남은 숙소가 있다.

비오Biot라는 마을에 있는, 가족이 운영하는 호텔이다.

호텔이랄지 민박집이랄지, 여하튼 호텔로서의 시설이 정비되지 않아서 당시에는 1성급 호텔로 취급받았다.

하지만 거기서 나오는 프로방스 요리가 어찌나 맛있던지 감격하고 말았다.

방에는 수많은 화가들의 그림이 걸려 있었는데, 그 가운데는 아주 유명한 사람의 작품도 아무렇지 않게 섞여 있었다.

원래는 예술가에게 방을 빌려주고, 그들이 거기서 제작한 작품을 방값 대신 두고 간 것이 시작이었다던가.

요리가 호평을 불러와 점차 호텔로서 여행객을 받게 되었다고 한다.

그 호텔이 너무나 좋아서 몇 년 뒤 펭귄을 데리고 다시 남프랑스를 찾았다.

기억에 콕 박혀 있는 건 커다란 셰퍼드가 있었다는 점인데, 호텔 아저씨의 뒤를 늘 졸졸 따라다녔다.

몸집 작은 아저씨는 항상 추리닝 바지 차림으로 호텔을 거침없이 돌아다녔고, 요리를 주문하면 그 내용을 식탁에

깔아둔 종이 테이블보 위에 적었다.

채소를 아낌없이 넣은 프로방스 요리는 그때까지 내가 생각하던 프랑스 요리와는 완전히 다른 무척 산뜻한 맛이었다.

아침이 되면 아래층 주방에서 활기찬 소리가 울려 퍼졌고, 커피 향에 눈을 뜨는 것이 더없이 행복했다.

나에게 그 호텔은 아주 특별한 장소였다.

그래서 이번에 갑자기 남프랑스 여행을 가기로 결심했을 때, 그 호텔에 다시 한번 묵어보자고 생각했던 것이다.

그렇다 해도 20년이나 지났다.

우선 지금도 여전히 호텔로서 운영하고 있는지 확실치 않다.

무엇보다 나는 그 호텔의 이름도, 마을 이름도 까먹어버렸다.

거의 포기할 무렵, 맨 마지막에 '아, 여기다!' 하는 곳을 찾아내어 간신히 예약은 했다.

하지만 20년 전의 내 감각과 지금의 감각은 다를 테고, 어쩌면 옛날의 꿈같았던 기억을 그대로 남겨두는 편이 좋지 않을까 하는 망설임도 있어서 복잡한 심정을 껴안은 채 앙티브에서 비오로 향했다.

펭귄에게는 어디에서 묵는지 비밀로 해뒀다.

그러나 펭귄은 마을 중심으로 들어서는 길목에서 "앗, 여기 와본 적 있어"라고 했고, 택시에서 내릴 때는 "셰퍼드가 있는 호텔이다!" 하고 알아차렸다.

나 역시 수십 년 만의 방문이라 기억이 흐릿해지긴 했지만, 호텔이 있는 광장에 다다르자 생각이 났다.

네모난 광장을 둘러싸듯 회랑이 있고, 거기에 빨간색과 흰색 테이블보를 씌운 호텔 레스토랑의 식탁이 늘어서 있었다.

식탁 위에는 꽃이 호쾌하게 장식되어 있었는데, 그 모습이 몹시 아름다웠던 기억이 난다.

지금은 테이블보는 씌워져 있지만 꽃은 없다.

어쩔 수 없잖아, 지금은 겨울이니까, 하며 마음을 가다듬고 호텔 문을 열려고 했는데 열리지 않는다.

밀어도 당겨도 꿈쩍하지 않는다.

장사를 하고 있어야 할 레스토랑에도 사람의 그림자가 전혀 보이지 않는다.

분명히 예약을 넣었는데.

전화를 걸어봤지만 건물 안에서 전화벨이 울리는 소리가 들릴 뿐, 아무런 응답이 없다.

어떻게 된 거지?!

새파랗게 질려서 망연자실해 있을 때, 호텔 앞에 차가 한 대 멈춰 서더니 아시아인으로 보이는 남자와 프랑스인 여자가 내렸다.

그들은 우리가 서 있는 문 쪽으로 다가왔고, 프랑스인 여자가 "도와드릴까요?" 하고 유창한 일본어로 물었다.

예약을 했는데 아무도 없어서 난감하다고 말하자 들고 있던 열쇠로 호텔 문을 열어줬다.

운이 무척 좋았다.

그 여자의 이름은 게이코.

함께 있던 남자는 철학을 전공한 모 대학의 교수 K 선생이었다.

게이코 씨는 일본에서 유학했던 프랑스인 저널리스트로, 학회에 온 K 선생을 도와주고 있었다.

정말 공교롭게도 그날 호텔 예약을 한 것이 일본인 두 팀뿐이었고, 또 우리가 호텔에 도착한 시점과 게이코 씨 일행이 호텔로 돌아온 시점이 우연히 같았다.

만약 어느 한쪽의 시간이 조금이라도 어긋났다면 우리는 영문도 모른 채 계속 망연자실해 있었을 테지.

여하튼 호텔에 들어갈 수 있는 것만 해도 행운이었다.

게이코 씨의 말에 따르면 지난주에 호텔 사장님이 돌아가셨다고 한다.

그렇다, 추리닝 바지를 입고 거침없이 일을 하던 그 아저씨다.

셰퍼드 역시 작년에 무지개다리를 건넜다고 한다.

호텔 측은 호텔 측대로 일본인 두 팀이니 틀림없이 같은 그룹일 거라고 생각해 우리가 함께 움직이고 있다고 여긴 모양이다.

그리고 더한 비극이 있었으니, 그날 밤 레스토랑이 문을 열지 않는다는 것이었다.

나는 그 레스토랑에서 식사를 하기 위해, 그것을 기대하며 일부러 여기까지 왔다.

오늘 밤에는 그 레스토랑에서 맛있는 프로방스 요리를 양껏 즐기고, 추억에 잠겨 호텔 방에서 잔다는 확고한 이미지를 갖고서 여행을 계획했다.

그런데, 그런데, 그 레스토랑에서 식사를 못 하다니.

하지만 실망하고 있을 때가 아니었다.

이곳은 작은 마을이라서 밥을 먹을 곳이 많지 않다.

게이코 씨가 짐작 가는 곳을 몇 군데 알아봐줬지만 영업 시간은 전부 이른 저녁까지였고, 밤에도 여는 곳은 근처에 전혀 없었다.

택시가 쉽게 와주는 곳도 아닐뿐더러 밤에는 비 예보가 있었다.

결국 샐러드와 피자를 포장 주문하고 마을 식료품점에서 레드와인을 조달해 펭귄과 호텔 방에 놓여 있던 얇은 플라스틱 컵으로 마시는, 평소라도 있을 수 없는 살풍경한 식사를 하고 말았다.

인생이란 뜻대로 흘러가지 않는다는 것을 절실히 느꼈다.

직원이 아무도 없는 호텔에 남겨지는 것도 처음 경험하는 일이었다.

하지만 아침은 찾아온다.

어제의 고요함과는 달리 주방에서 떠들썩한 활기가 느껴졌고, 은은하게 떠도는 커피 향에 눈을 떴다.

아래층에 내려갔더니 마을 사람들이 사이좋게 크루아상을 먹거나 카페오레를 마시고 있었다.

점심때가 되기를 기다려 어제 우연히 만난 K 선생과 게이코 씨와 넷이서 점심을 먹었다.

요리가 변함없이 맛있어서 어제의 쓸쓸함이 거짓말처럼 싹 사라졌다.

역시 이 호텔은 나에게, 아니 우리에게 특별한 곳이라는 사실을 다시 한번 확인했다.

셰퍼드와 아저씨의 명복을 빌며 비오를 떠났다.

지금은 아드님이 뒤를 이어 호텔을 지키고 있다.

또 보자!

새벽 5시 반에 일어나서 주먹밥을 만들었다.

펭귄은 오늘 일본으로 떠난다.

지금이 올겨울 중 가장 추운 시기로 오늘 최지기온은 영하 12도, 최고기온은 영하 5도다.

중간에 남프랑스에 다녀온 것도 있어서 눈 깜짝할 사이에 3주가 지났다.

베를린 영화제에도 가려고 했는데 시간이 없어서 가보지 못한 채 끝났다.

펭귄이 다음에 베를린에 오는 건 석 달 뒤.

나는 그사이 독일어학원을 또 다니고, 일 때문에 프랑스에도 다시 갈 예정이다.

맹추위이긴 해도 동이 트는 시간은 확실히 빨라졌다.

오늘 아침에는 6시인데도 하늘이 이미 희붐했다.

집 앞 공원의 연못이 드디어 얼어서 아이들이 놀고 있다.

왠지 모르게 그 모습을 가만히 지켜보는 어른들.

나도 이따금 창문으로 내려다보며 '괜찮을까?' 하고 확인한다.

아까 유리네를 데리고 산책을 나갔다가 엄청나게 추워서 깜짝 놀랐다.

역시 영하 10도쯤 되면 피부가 아프다.

웃으면 그대로 얼굴이 굳어버릴 것 같아서 무서웠다.

털가죽을 걸친 유리네도 혹독한 추위에 떨고 있었다.

발이 차가운지 총총 뛰어오르듯 걷기에, 돌아오는 길에는 한 정거장만 트램을 타고 왔다.

꽃집에서 예쁜 꽃다발을 두 개 샀다.

남프랑스에서 돌아오는 길에 비행기에서 본 하늘이 예뻤다.

펭귄은 지금쯤 어떤 하늘을 보고 있을까.

슈퍼 조이풀

지라시스시와 톳 두부무침을 만들어 친한 여자 셋이서 히나마쓰리*를 했다.

늘 늦게까지 노니까 이번에는 점심 모임으로 하자는 생각에 12시 반에 모였다.

복숭아꽃은 못 찾았지만 친구들이 분홍색 튤립을 들고 와줬다.

왜 이렇게 즐거운지 모르겠다.

도중에 다 함께 유리네를 산책시키러 나갔다가 우리로 서는 드물게도 어째서인지 가게에서 액세서리를 하나씩 사

● 여자아이의 건강과 행복을 기원하며 매해 3월 3일에 치르는 일본의 전통 축제. 복숭아꽃이 피는 시기여서 '모모노셋쿠桃の節句'라고도 한다. 이날 가정에서는 제단에 붉은 천을 깔고 인형과 복숭아꽃을 장식한다.

고, 다시 집으로 돌아와 이번에는 저녁 행사이니 와인을 마시고, 남아 있던 지라시스시와 톳 두부무침을 또 먹고, 결국 해산한 것은 자정 넘어서였다.

마지막에는 다 함께 지라시스시에 낫토를 얹어 김에 싸 먹었다.

대체 우리는 거의 열두 시간씩이나 함께 있으며 뭘 했던 걸까?

"준비, 시작" 하고 모두 잠들었던 게 아닐까 싶을 정도로 언제나 시간이 순식간에 지나간다.

정말 신기하다.

마치 어린 시절 "노~올~자~" 하며 느닷없이 친구 집에 찾아가 놀았던 것과 비슷한 느낌이다.

도쿄였다면 거의 있을 수 없는 일이다.

이날의 테마는 '조이풀'이었다.

누구 하나가 "조이풀로 가자"라고 했는데, 나는 세제 이름인가 했고 다른 한 사람은 일본에 있는 마트 이름이라고 생각해 둘 다 머릿속에 물음표를 띄우고 있었다.

알고 보니 그건 세제도 마트도 아니고 '조이풀joyful하게 살자'라는 뜻이었다.

조이풀에는 죄가 없지만 어째서인지 가타카나로 '조이

풀ジョイフル'이라고 쓰면 원래의 의미가 옅어져 좀 팔랑거리는 느낌이 든다.

하지만 원래 조이풀은 아주 멋진 단어고, 실은 우리가 살아가는 데 있어서 매우 중요한 요소다.

그 이후로 메시지를 마무리할 때 '오늘도 조이풀한 하루 보내!'라고 쓰는 등 우리 사이에서 조이풀이라는 단어가 급부상했다.

히나마쓰리를 연 날로부터 벌써 일주일도 더 지났지만 왠지 계속 조이풀의 여운이 남아 있다.

뭔가 좌절할 성싶은 일이 일어날 때마다 "조이풀, 조이풀" 하고 주문처럼 왼다.

'조이풀, 조이풀'은 '영차, 영차' 같은 말인지도 모른다.

그나저나 오늘 길을 걷던 중 갑자기 노란 튤립을 한 송이 건네받았다.

순간적으로 '돈을 달라는 걸까?' 하며 경계한 내가 부끄럽다.

그 튤립은 정말로 길을 가는 사람에게 나눠주는 선물이었다.

하지만 그런 판단도 어려운 시대라는 것을 실감한다.

얼마 전 독일의 일본 대사관으로부터 소매치기를 조심하라는 내용의 공지가 왔는데, 거기에는 요즘 소매치기의 경향이 다닥다닥 빼곡하게 열거되어 있었다.

날치기나 공갈처럼 명백하게 나쁜 수법으로 달려드는 경우는 어찌 보면 알기 쉽지만, 요즘은 자원봉사나 기부를 가장해 상대의 선의와 양심을 능숙하게 이용해먹는 교묘한 수법도 있어서 판단하기가 꽤나 어렵다.

실은 나도 몇 년 전 베를린에서, 처음에는 배리어 프리*에 관한 설문조사에 참여해달라기에 응답했더니 막판에 "그럼 그것을 위해 기부해주세요" 하는 수법에 걸려 석연치 않은 경험을 한 적이 있다.

그 그룹은 지금도 관광객을 상대로 같은 짓을 하는데, 얼마 전에도 아시아계 아주머니가 마구 화를 내고 있었다.

돌이켜보면 이탈리아에서도 아프리카계 사람이 갑자기 손목에 실 팔찌를 채운 뒤 돈을 요구한 적이 있다.

요전에 프랑스에 갔을 때 어느 미술관 입구에서 나와 펭귄이 나란히 작품을 보고 있었더니, 프랑스인으로 보이는 중년 여성이 다가와 "당신들 사진을 찍어줄 테니 휴대폰 좀 줘봐요"라고 했다.

* 고령자와 장애인 등 사회적 약자들이 살기 좋은 사회를 만들기 위해 물리적, 제도적 장벽을 허물자는 운동.

펭귄과 나는 원래 어디에 가서 우리 사진을 찍지 않지만, 너무나 열심히 말을 걸기에 부탁하기로 했다.

여자는 각도를 바꿔가며 몇 장이나 우리 사진을 찍었다.

"얼마 달라고 할까?" 하는 펭귄.

"설마"라고 대꾸하면서도 나 역시 점점 불안해졌다.

결론적으로 여자는 정말 선의로 우리 사진을 찍어줬을 뿐이었다.

왠지 싫은 시대다.

이런 일에 일일이 의심을 해야 한다.

의심병이 돋는 나 자신이 싫지만, 그렇다고 무방비하게 있다간 보기 좋게 속아 넘어가고 만다.

정말로 어려운 세상이다.

니스의 미술관에서는 작은 캐리어를 들고 있다는 이유만으로 안에 들어가지 못했다.

테러의 영향이겠지.

어쩔 수 없다고는 생각했지만 점점 더 견딜 수 없는 기분이 되었다.

거북한 세상이 되는 것이야말로 테러리스트가 바라는 바인데.

옆에 있는 사람을 믿지 못하게 되다니, 너무 슬프다.

오늘은 오후에 늘 가는 사우나에서 땀을 흘리며 슈퍼 조이풀한 하루를 보냈다.

이곳에도 하루이치방春一番* 같은 게 있는지 모르겠지만, 나에게는 오늘 오후에 하루이치방이 불었다.

여전히 겨울 풍경은 그대로지만 봄이 지척에서 느껴지는 저녁.

계절이 겨울에서 봄으로 한 걸음 확실히 나아간 느낌이 든다.

타박타박 걷기만 해도 어쩐지 행복하다.

거리에는 토끼와 달걀이 등장하고 있다.

부활절이 다가오고 있어서 모두의 설렘이 전해진다.

---

* 입춘 무렵 그해 처음으로 부는 강한 남풍을 이르는 일본어. 하루이치라고도 한다.

제 2 회 집 된장 만들기

초심자의 행운일 수도 있지만, 처음 담근 된장이 너무 맛있게 익어서 지인에게 나눠주고 된장국을 끓이고 채소에 찍어 먹었더니 눈 깜짝할 사이에 반이나 사라졌다.

큰일 났다 싶어서 지난 주말 제2회 집 된장 만들기를 실시했다.

이번에는 거의 90퍼센트를 보리누룩으로 하고 10퍼센트만 현미누룩을 섞어봤다.

생누룩을 쓴다는 점도 있어서 나는 누룩을 대두의 두 배로 섞었다.

상당히 호사스러운 비율이지만 이렇게 하면 단맛이 나는 된장이 된다.

만드는 방법이 무척 간단하니 써두겠습니다.

재료는 대두 500그램, 생누룩 1킬로그램, 소금 200그램.

이 분량이 아마 가정에서 만들기에 딱 좋은 양일 것이다.

(1) 대두는 이틀 꼬박 냉장고에서 물에 불린 뒤 부드러워
    질 때까지 삶는다.

(2) 소금과 누룩을 섞어둔다.

(3) 부드러워진 대두를 블렌더 등을 이용해 으깬다.

(4) (2)와 (3)을 잘 섞고, 마지막으로 된장(자신이 원하는 맛
    이 나는 것) 한 스푼을 더해 햄버거 모양으로 뭉친다.

(5) (4)를 지퍼가 달린 보존 팩에 넣고 되도록 공기에 닿
    지 않도록 꾹꾹 누르며 밀폐한다(나는 1리터들이 보존
    팩을 썼다).

대두 삶은 물을 섞어서 부드럽게 만드는 방식도 있지만,
그렇게 하면 곰팡이가 잘 생기기 때문에 나는 대두만 썼다.

그 뒤로는 누름돌로 쓸 만한 것(내가 사용한 것은 페트병
몇 개)을 위에 올려두고 조용히 숙성되기를 기다리기만 하
면 된다.

중간에 발효가 되고 있는지 확인하고, 가스가 나와서 보
존 팩이 부풀어 올랐으면 가스를 빼고 다시 발효시킨다.

된장은 베를린에도 상당히 침투해 있다.

요전에 내가 아주 좋아하는 동네 베트남 음식점에 가서 요리책을 펼쳐두고 된장 레시피를 보고 있었더니, 주인이 관심 있는 표정으로 다가와 된장 만드는 법을 가르쳐달라고 간청했다.

그 자리에서 잘 알려주지 못했기 때문에 뒷날 간단한 독일어로 쓴 된장 레시피를 가져가자 무척 기뻐했다.

라멘이 세계적으로 유행하고 있으니 그로부터 된장이라는 조미료를 알게 된 사람도 많을지 모른다.

얼마 전에는 미소*라는 이름의 개도 만났고.

간장은 장벽이 높지만 된장은 부담 없이 만들 수 있으니 꼭 도전해보세요!

된장의 평판이 좋아집니다.

오늘은 이시이 고타의 『유체—지진과 쓰나미의 끝에遺体—震災、津波の果てに』를 다 읽었다.

왠지 모르게 읽는 것을 망설이고 있었지만 읽기를 잘했다.

7년 전 동일본 대지진으로 잃은 생명들을 온 힘으로 마

---

* 일본어로 된장.

주한 사람들에 관한 기록이다.

잡동사니 속에서 발견된 유체를 안치소로 옮긴 사람.

안치소에서 사망 확인서를 쓴 의사.

유체의 입을 벌려 치아 치료 사항을 기록한 치과 의사.

관을 구하기 위해 바쁘게 뛰어다닌 장례업체 사람들.

목이 멘 채 불경을 외러 온 스님.

극한의 상황에서 화장에 임한 화장터 사람들.

신원불명인 채로 화장된 유체에 꽃과 과자를 바친 지역 주민들.

거기에는 수많은 사랑이 있었다.

본인 역시 이재민인데도, 많은 유골을 가족의 품으로 되돌려주고자 모두가 전심전력으로 목숨을 잃은 사람들을 위해 일했다.

만약 내가 공교롭게 그곳에 있었고 펭귄이나 유리네가 바다에 휩쓸려 갔다면, 하고 상상하면 가슴이 미어진다.

그런 잔혹한 일이 실제로 수많은 사람들에게 일어났다는 사실을 결코 잊어서는 안 된다.

벌써 7년인지 아직 7년인지 모르겠지만, 여전히 아무것도 끝나지 않았다는 데 아연해진다.

적어도 남겨진 사람들이, 살아 있어서 다행이라고 조금이라도 생각했으면 한다.

베를린에서도 주말에 추도 행사가 열리는 모양이니 가
보려고 생각 중이다.

태 극 문 양

창밖을 몇 시간이고 바라볼 수 있을 듯한 일요일.

어젯밤의 한기로 다시 연못 표면에 얼음이 얼었다.

절반은 얼고 절반은 안 얼어서 딱 태극 문양처럼 되었다.

오늘은 바람이 거세어서, 얼지 않은 수면에 바람이 불어 반짝반짝, 반짝반짝.

정말 예뻐서 넋을 잃고 바라보게 된다.

작년에 시든 채 그대로 가지에 붙어 있는 갈색 마른 잎도 봄이 오기를 고대하듯 바람에 나부낀다.

영하 2도인 바깥의 추위가 거짓말인 양, 빛이 눈부시게 쏟아져 내린다.

아, 예쁘다. 정말 예쁘다.

벌써 봄이 오는 것에 만반의 준비를 갖춘 느낌이다.

이제부터 나무의 새싹이 일제히 움틀 것이다.

오늘은 창문 너머로 흘끗흘끗 눈길을 주며 책을 읽었다.

책 제목은 『아미』*.

동네 친구가 아들에게 보여주려고 샀다는 책을 빌렸는데, 전혀 어린이 대상의 책이 아니다.

엄청난 것이 쓰여 있다.

금세기의 『어린 왕자』인지도 모른다.

그 정도로 나한테는 충격적이었다. 적어도 나에게는 진실이 쓰여 있다.

앞으로 내 성경이 될 것 같다.

오늘은 유리네와 산책하다가 접시를 주웠다.

주웠달까, '필요하면 가져가세요'라고 적힌 박스가 나와 있기에 그 속을 뒤져서 집어 온 것이다.

그 밖에도 파스타를 담기에 적당한 접시를 비롯해 여러 물건이 있었지만, 산책 중이기도 해서 들고 다닐 수 없으니 결국 한 장만 골랐다.

이 접시, 굉장히 마음에 든다.

* 열두 살 소년 페드로와 외계인 아미의 시공간을 초월한 우정과 모험을 담은 소설이다. 엔리케 바리오스 지음, 김현철 옮김, 예담, 2010.

새와 다람쥐와 하마가 그려져 있는데, 뒤집어보니 메이드 인 불가리아였다.

이럴 때 펭귄은 '그만둬~' 하는 표정을 짓는다.

허세인가? 아니면 내가 거지 같아서??

하지만 누군가에게는 필요 없는 물건이라도 어떻게 쓰느냐에 따라 다른 주인의 품에서 새롭게 활용되는 것은 아주 좋은 일이다.

쓰레기 같은 건 없다!

이런 베를린 사람들의 사고방식은 무척 훌륭하다.

나의 생활도 그 사고방식에 상당히 많은 도움을 받고 있다.

요즘 이사하는 사람이 많은지(하지만 4월에 신학기가 시작되는 일본이 아니니까 시기는 관계없나?) 얼마 전에는 책상 의자가 길거리에 놓여 있었다.

일주일 정도 그대로 있었지만 아무래도 누가 가져간 모양이다.

오늘 보니 사라지고 없었다.

요전에는 같은 아파트에 사는 이웃이 저울을 빌리러 왔다.

확실히 늘 요리하는 사람이 아니면 저울은 그다지 많이 쓰지 않는다.

하지만 가아~끔 필요하다.

그럴 때 곧장 사지 않고 이웃집에서 빌리는 건 지극히 당연한 일이다.

'피차일반' 정신이 좋은 것 같다.

저울은 이틀 뒤에 돌아왔다.

덤.

『아미』에서 인용.

이성으로는 사랑을 맛볼 수 없다. 감정은 이성과는 다른 것이다.

하지만 개중에는 감정이란 매우 원시적인 것이며 이성에 의해 바뀌어야 한다는 사고방식을 가진 사람도 있어서 전쟁과 테러, 부정부패, 자연 파괴 등을 정당화하는 이론을 만들어낸다. 지금 지구는 그런 자못 '지적인' 사고방식과 '훌륭한' 이론 덕분에 소멸의 위기에 빠져 있다.

서 머 타 임

아침에 일어나 차를 마시고, 책을 읽고, 시계를 보고는 '엇?' 하고 놀랐다.

부엌 시계가 한 시간 늦어졌나 했더니 자는 사이에 서머타임으로 바뀐 것이었다.

그래서 나도 시계를 한 시간 빨리 감았다.

컴퓨터나 휴대폰 같은 디지털 기기의 시간은 전부 알아서 바뀌기 때문에, 눈치채지 못하는 사람은 그대로 모르는 사이에 서머타임으로 생활할 수도 있다.

이로써 일몰 시간도 한 시간 늦어져 해가 더욱 길어진 것처럼 느껴진다.

그나저나 신기한 건 길거리의 시계다.

오늘 문득 궁금해져서 봤더니 역시 서머타임에 딱 맞춰

져 있었다.

긴 바늘과 짧은 바늘이 움직이며 시간을 표시하는 타입의 시계이니 디지털이 아닐 텐데.

그건 사람이 손으로 맞추는 걸까.

한번 구경해보고 싶지만 아쉽게도 서머타임으로 바뀌는 건 일요일 동트기 전으로 정해져 있어서, 기다렸다 보는 게 꽤 어렵다.

이탈리아에서는 시간이 정확히 표시되는 시계를 찾기가 어렵다는데, 독일인은 정말로 시간에 대해 빈틈이 없다.

온 나라의 시곗바늘을 1년에 두 번, 손으로 앞으로 감고 뒤로 감는다면 대단한 일이다.

그렇다고밖에 생각할 수 없지만.

서머타임으로 바뀐 덕도 있는지 오늘은 완전히 봄 같다!

내가 베를린에 산 지도 1년이 지났다.

심각한 향수병에 걸리지도, 겨울에 기분이 가라앉지도 않고 무사히 보냈다. 감사, 감사! 정말이지 순식간이었다.

그리고 봄, 여름, 가을, 겨울, 처음으로 베를린의 모든 계절을 맛보고 어떤 계절이든 다 좋다는 사실을 깨달았다.

독일어는 여전히 어렵지만.

그래도 1년 전에는 정말로 숫자조차 세지 못해서 무슨

일이 생기면 어쩌지, 하고 언제나 불안했다.

그때와 비교하면 지금은 '뭐, 무슨 일이 생겨도 어떻게든 되겠지' 정도의 각오는 갖고 있다. 그 진보를 다행으로 치자.

다음 주부터 나는 다시 한 달 동안 독일어 학원을 다니며 공부할 예정이다.

봄이 되니 길을 걷는 사람들의 표정도 왠지 온화하다.

추운 겨울에는 미간을 찌푸렸던 사람도 상냥한 미소를 띠게 된다.

다들 마음이 들떠 있는 것이 느껴진다.

얼마 전 유리네를 데리고 산책할 때 "귀엽다, 귀여워" 하며 유리네를 엄청나게 칭찬해준 사람이 있었다. 어딘가에서 만난 적이 있는데 그 자리에서는 떠오르지 않다가, 나중에 '단골 사우나에서 만난 사람이다!' 하고 생각이 났다.

옷을 입고 있어서 몰랐던 것이다.

그렇게 낯익은 사람이 늘어나는 것도 기쁜 일 중 하나다.

이제부터 풀장에 가서 수영하고 와야지.

나는 지금, 긴 겨울을 극복해냈다는 성취감을 홀로 조용히 맛보고 있다.

봄이에요

드디어 집 인터넷이 연결되었다.

지난주에 갑자기 연결이 끊겨서 악전고투를 하고 있었다.

일본에 있었다 해도 같은 상황에 처하면 큰일일 텐데, 하물며 외국에서야…….

제대로 연결되었을 때는 우리 집에 와주신 수리 기사 아저씨께 진심으로 감사했다.

나 스스로는 인터넷에 그리 크게 의존하지 않는다고 생각했는데, 큰 착각이었다.

인터넷에 접속하지 않으면 신문도 못 읽고 일기예보도 못 본다.

영화를 다운로드할 수도, 일본의 텔레비전 방송을 볼 수도 없다.

펭귄과 가볍게 대화를 나누지도 못한다.

그중에서도 가장 곤란한 건 독일어 사전 앱이었다.

인터넷을 경유하지 않으면 검색이 안 되는 시스템이었다.

그래서 어학원 숙제를 할 때도 일일이 두꺼운 종이 사전을 넘겨야 했다.

그러느라 시간이 굉장히 많이 걸렸다.

하지만 좋은 점도 있었다.

일테면 '목소리'를 뜻하는 독일어 'Stimme'에는 '투표'와 '의견'이라는 뜻도 있다는 사실을 알았고, 그 아래에 실려 있던 'stimmen'은 '합치하다'라는 의미의 동사인데 늘 가게에서 잔돈은 됐다고 말할 때 쓰는 "Stimmt so!"라는 말이 이거였구나! 하고 덩달아 깨달았다.

확실히 인터넷을 이용하는 편이 목적지까지 빨리 도착하긴 해도, 그러면 정말 좁은 범위의 뜻밖에 알 수 없다.

한편 종이 사전은 단어를 찾는 데 시간은 들지만 목적지로 가는 도중에 생각지 못한 발견을 하게 된다.

종이 사전을 들고 다니는 건 힘들지만, 집에서 공부할 때는 되도록 종이 사전을 쓰는 편이 결과적으로는 이득일지도 모른다.

그나저나 독일어는 성가신 언어다.

일설에 따르면 세계의 언어 가운데 가장 정밀한 언어라

던가.

왠지 알 것 같다.

모든 것을 일일이 질서 정연하게 갖추지 않으면 올바른 문장이 되지 않는다.

옳은 문장은 하나뿐이며, 한 군데라도 틀리면 그것은 더 이상 정답이 될 수 없다.

정말로 수학 같다.

정情이라든가, 행간을 읽는다든가, 분위기로 헤아린다든가, 그런 희지도 검지도 않은 그레이존은 존재하지 않는다.

일본어와 정반대다.

독일어를 조금 맛본 것만으로도 독일인의 기질이 어째서 그런지 예전보다 훨씬 잘 이해하게 되었다.

머리로 문법을 이해했다 해도 회화에 적용하려 하면 허들이 더욱 높아진다.

자랑은 아니지만 나는 그게 전혀 안 된다.

일단 모든 명사에 '남성', '여성', '중성', '복수형'이라는 관冠(?) 같은 것이 있어서, 무슨 성性인지 모르면 바르게 말할 수 없다.

가령 '스푼'은 남성, '나이프'는 중성, '포크'는 여성이다.

거기에는 이유가 없으므로 그냥 외우는 수밖에 없다.

지난번 반까지는 유치원 느낌이었는데 이번에는 초등학

교로 진급한 것 같다.

이 '느낌'이나 일본인이 자주 쓰는 '왠지'라는 표현도 독일인은 이해하기 어려울 테지.

첫 수업이 끝난 날에는 그대로 일본에 돌아갈까 생각했을 정도로 자신감을 잃었다.

수업은 여전히 오후 1시 15분부터 5시 45분까지 계속되는 장기전이라서, 어학원을 나올 무렵에는 좀비처럼 변해 있다.

그러나 내가 좀비가 되어 있는 사이에 봄이 왔다.

어느 날을 경계로 집 앞 공원의 흙이 초록색이 되더니, 그것을 신호로 나뭇가지에서 나날이 싹이 텄다.

새 지저귀는 소리가 여기저기서 들려오고, 바깥에 사람이 가득하다.

나도 올해 첫 아이스크림을 먹었다.

언제부터 아이스크림을 먹는가 하는 것은 베를린에 있으면 아주 중요한 일이다.

그날 아이스크림 가게에는 긴 줄이 생겨 있었다.

봄도 되었으니 일요일인 오늘은 오랜만에 유리네를 데리고 숲으로 산책을 다녀와야지.

변 명

어제부로 어학원 수업이 끝났다.

어학원에 다니는 동안은 다른 일을 할 여유가 없어서, 오늘 부지런히 빨래와 정리 정돈을 했다.

겨울철에 신세를 진 털 스웨터 등을 빨고 여름옷을 꺼냈다.

오늘은 최고기온이 25도 정도까지 올라가서 길을 가는 사람들은 여름 복장이다.

새잎이 단숨에 돋아나고 있다.

독일어 코스를 수강하는 것은 이번이 네 번째다.

1년 동안 넉 달 정도 다닌 셈이다.

매 강좌마다 선생님이 바뀌니 총 네 사람에게 배웠는데, 선생님과의 궁합도 수업이 즐거워지는 데 영향을 끼치는 중요한 요소라는 것을 깨달았다.

그런 점에서 말하자면 이번 선생님과는 궁합이 별로 안 맞았는지도 모른다.

같은 내용을 이야기해도 사소한 단어 선택의 차이로 인해 A 선생님이 말하는 내용은 이해가 되는데 B 선생님이 말하는 내용은 이해가 안 되기도 한다.

어느 선생님이 걸릴지는 뽑기 운 같은 것이니 나로서는 좀처럼 어찌할 수 없는 일이다.

어제는 마지막 날이었지만 제출한 과제를 몇 명은 돌려받지 못했다.

숙제로 자기 나라의 전통 요리 레시피를 써서 냈고, 마지막에 모두의 것을 합쳐 나눠줘야 했는데 과제가 어딘가에서 섞여 행방불명되었다고 한다.

내가 낸 과제도 돌아오지 않았다.

이번 선생님은 좀 펑크족 같은 구석이 있었다.

전에도 썼는지 모르겠는데, 가령 누군가가 수업에 지각하면 반드시 그 이유를 설명해야 한다.

전철이 늦게 왔다든지, 자명종 시계가 망가졌다든지, 고양이가 아프다든지, 늦게 온 이유를 말해야 하는 것이다.

그리고 그 이유로 상대를 납득시킬 수 있다면 괜찮다고 본다.

일본이라면 "이러쿵저러쿵 변명하지 마!"라는 말을 들을 텐데 독일에서는 반대다.

아무튼 무슨 이유라도 상대를 납득시키면 되는 것이다.

그래서 어제 선생님도 우리에게 세세하게 변명했다.

서류가 많아서 보이지 않았다는 둥, 업무량이 많아서 오늘까지 찾지 못했다는 둥.

나는 된장 레시피를 독일어로 써봤는데 어디로 사라진 걸까.

변명에 대한 생각은 일본과 독일이 정반대인 것 같다.

이번 코스에는 아시아에서 온 학생이 많았다.

타이완, 중국, 한국.

전부 아직 20대 초반인 학생들인데, 모두가 입을 모아 일본이 너무 좋다고 한다.

일본이라는 나라를 무척 호의적으로 받아들이고 있는 것이 인상적이었다.

참, 얼마 전 〈아주 긴 변명〉과 〈태풍이 지나가고〉를 연달아 봤다.

두 영화 다 대략적으로 말하자면 남자가 얼마나 한심한지를 그리고 있었다.

물론 남자와 여자로 그렇게 단순히 구분될 리 없지만,

요즘 일본 정치에 관한 뉴스를 보면 어이가 없다.

숨기고, 속이고, 권력에 빌붙고, 강자에게 넙죽 엎드리고, 쓸데없는 자존심을 내세우고, 잘못을 깨끗이 인정하지 않고, 싸우지 않아도 될 때 싸우고.

더 정정당당하게, 자신의 정의와 사랑을 기본으로 행동했으면 좋겠다고 생각하는 건 나쁜일까?

4월 25일

봄은 좀

"딱히 이렇게까지 두껍지 않아도 되잖아?"라고 말하고 싶어질 만큼 튼실한 화이트 아스파라거스를 샀다.

채소 가게에 두께별로 몇 종류 구분이 되어 있었는데, "화이트 아스파라거스 주세요" 했더니 아저씨가 다짜고짜 가장 두꺼운 것이 들어 있는 상자에서 꺼내 봉지에 넣어줬다.

이번 시즌 첫 화이트 아스파라거스.

나는 겉껍질을 필러로 벗겨낸 다음 삶아서 소금과 후추로 간을 하고 올리브유를 살짝 뿌린 것에 얇게 썬 햄을 올려 먹는다.

이것이 나의 진수성찬이다.

쌉쌀하면서도 달착지근해서 화이트든 그린이든, 얇든 굵든 아스파라거스라면 뭐든 좋다.

얼마 전 친구가 화이트 아스파라거스와 그린 아스파라거스는 애초에 종류가 다른 것 같다고 했는데 진짜일까.

나는 화이트 아스파라거스가 땅 위로 나와 햇볕을 쬐면 연두색이 되는 줄로만 알았다.

그건 땅두릅인가?

그런 생각을 하며 방금 찾아봤더니, 역시 화이트와 그린은 같은 종류고 생육 방식의 차이로 색깔이 달라진다고 한다.

이 시기에 싱싱한 아스파라거스를 보면 나도 모르게 사버린다.

6월에 펭귄이 다시 베를린에 오는데, 그때까지 화이트 아스파라거스가 있을까?

있으면 튀김으로 만들고 싶은데.

아스파라거스는 섬유질도 풍부하고, 그 쓴맛으로 겨울 동안 쌓인 몸속의 독을 깨끗하게 청소해줄 것 같은 느낌이 든다.

나한테 봄은 좀 슬픈 계절이다.

이유는 모르겠지만 왠지 슬픈 듯한, 사람이 그리운 듯한 기분이 든다.

겨울에는 열심히 살아갈 수 있지만 봄이 되면 마음이 해이해진다.

매년 이 계절에 꽃가루 알레르기로 고생했기 때문일까?

봄이 되어 기쁜 반면, 어쩐지 나 혼자만 남겨진 것 같은 불안한 기분을 떨칠 수 없다.

올해는 펭귄이 꽃가루 알레르기로 호되게 고생하고 있다.

나는 얼마 전 유리네와 산책하던 중 훌쩍 가게에 들어가 팥빵을 사버렸다.

요 1년 동안 한 번도 먹고 싶었던 적이 없는데, 빵집 근처를 지나자 사지 않고는 못 견딜 것 같았다.

그 빵집은 일본인이 운영하는 곳이라서 이쪽 빵집에는 없을 듯한 일본식 크림빵이나 식빵을 살 수 있다.

폭신폭신한 빵 반죽은 일본의 장기다.

하지만 설마 내가 그런 폭신폭신한 빵을 원하다니, 의외였다.

게다가 집까지 가는 것을 기다리지 못해 걸으면서 팥빵을 베어 먹었다.

감동적으로 맛있었다.

엊그제는 잠깐이나마 집 앞 공원에서 꽃구경을 했다.

겹벚꽃일까.

하늘하늘 바람에 흩날리는 꽃잎 속에서 맥주를 마셨다.

눈앞의 풍경이 단숨에 바뀌어서, 그 기세에 내 마음이

쫓아가지 못하는 건지도 모른다.

완두콩의 비밀

최근 유리네가 말을 전혀 듣지 않는다.

한 부모 가정 상태에 완전히 익숙해져서, 나와 일대일 관계가 정착되며 서열이 같아졌는지도 모른다.

산책을 가려고 하네스를 가져오면 꼭 도망간다.

재미있어하며 노는 거겠지만 매번 그런다.

"크릉, 크릉" 으르렁거리며 나를 놀리듯 뛰어다니고, 떼를 쓰고 또 쓴다.

결국 붙잡는 데 실패해서 간식을 꺼내면 '처음부터 그랬어야지' 하는 표정으로 약삭빠르게 받아먹고, 그다음부터는 갑자기 태도를 바꾸어 말을 듣는다.

꼭 어느 나라의 쇼군 같네.

산책하고 돌아왔을 때도 발을 닦으려 하면 또 도망간다.

실컷 도망가고, 마음껏 날뛰고, 털썩 누워 잠들어버린다.

이것이 평소의 패턴이다.

요전에 조금 먼 카페에 유리네를 데리고 커피를 마시러 갔는데 근방에서 터키 마켓이 열리고 있었다.

그 근처에 살았을 때는 자주 갔지만, 지하철을 타고 일부러 갈 일은 이제 없어서 오랜만에 들여다봤다.

늘 생각하지만 터키인은 태연하게 터무니없는 행동을 한다.

이날도 토마토를 산더미처럼 쌓아 올리고 있었다.

딱 보기에도 너무 많이 쌓아서 자꾸만 아래로 떨어지고 있는데, 떨어진 토마토를 모조리 주워서 다시 산 위에 쌓는 것이었다.

그리고 또 떨어지는 상황의 반복.

독일인이라면 그런 일은 안 하겠지.

토마토는 안 샀지만 완두콩을 샀다.

한 봉지에 1유로인데 세 봉지에 2유로라고 해서 반사적으로 세 봉지를 사버렸다.

자, 어떻게 할까.

완두콩은 좋아하지만 세 봉지는 상당한 양이다.

그날은 한 봉지 분량을 베이컨과 함께 소테로 만들어 먹었는데 역시 어마어마하게 많았다.

배 속이 콩으로 꽉 찼다.

하지만 나는 콩꼬투리에서 콩알을 빼내는 작업을 좋아해서, 무의식중에 정신없이 콩알을 빼내게 된다.

완두콩이 맛있다고 느낀 건 어른이 되고부터다.

어째서일까 생각하다가 '내가 어릴 때 먹었던 건 냉동 완두콩이 아니었을까?' 하고 깨달았다.

흔히 보는 냉동 완두콩은 좋아할 수 없다.

그 물컹물컹한 식감을 아무리 해도 받아들일 수 없는 것이다.

하지만 관광지에 있는 소위 독일 요릿집에 가면, 그런 종류의 완두콩이 메인 요리에 곁들여져 산더미처럼 나온다.

어린이가 완두콩을 싫어하게 되는 건 분명 냉동 제품을 먹기 때문일 것이다.

펭귄도 최근 들어 겨우 완두콩밥이 좋아졌다고 한다.

신선한 완두콩을 넣은 소테는 맛있었지만 이제 더는 사양이다 싶을 정도로 먹어버려서, 남은 건 콩밥에 넣거나 삶아서 냉동해보기로 했다.

그래서 알게 된 사실 하나.

직접 완두콩을 삶아서 요리를 하면 늘 콩이 쪼글쪼글해졌었다.

하지만 이번에 삶은 완두콩을 냉동하는 방법을 찾아보다 알았다.

완두콩을 삶고 나서 곧바로 건져내면 얼마 뒤에 쪼글쪼글해지지만, 딱 알맞게 부드러워졌을 때 불을 끄고 그대로 식히면 탱탱함이 유지된다고 한다.

몰랐다.

실제로 불을 끄고 그대로 뒀더니 확실히 탱탱했다.

내가 바랐던 건 바로 이런 완두콩이다.

이번에 콩밥을 만들 때, 다 된 밥에 따로 삶아서 식혀둔 완두콩을 섞는 방법을 써봤다.

대성공이었다.

내 요리 역사상 가장 완성도 높은 콩밥이 되었다.

냉동한 것도 볶음밥에 척척 넣거나 된장국 건더기로 활용하는 등, 있으면 여러모로 편리하다.

제철이기 때문에 가능한 일이다.

일본은 지금 산나물 철일까.

머위볶음, 죽순무침, 두릅튀김, 글자를 쓰기만 해도 군침이 돈다.

라 디 오 를 들 으 며

라디오를 사봤다.

독일어를 익히는 데 라디오가 좋다고 들었기 때문이다.

확실히 텔레비전 아나운서보다 라디오 아나운서가 말도 천천히 하고 발음도 또렷하니까, 모범적인 독일어를 듣기에는 안성맞춤일지도 모른다.

물론 듣는다고 말하는 내용이 이해되는 건 아니지만, 주의해서 들으면 곳곳에 아는 단어가 나와 공부가 된다.

게다가 날씨나 교통정보 같은 건 몇 번이나 반복해서 말해주고, 사이사이에 음악이 나오기 때문에 한숨 돌릴 수도 있다.

단, 무슨 이유에서인지 지금은 한 채널밖에 나오지 않아서 언제나 라디오아인츠(1)만 듣고 있다.

이 라디오는 얼핏 보면 귀여운데 아쉽게도 만듦새가 엉성하다.

겉에 무늬목 같은 것이 붙어 있어서 나는 이 라디오를 볼 때마다 도쿄 집 근처에 있는 초밥 가게의 김초밥을 떠올린다.

내가 너무 좋아하는 김초밥.

펭귄한테 가져와달라고 부탁해봤자 역시 다 상하겠지.

그나저나 내 인생에는 몇 년에 한 번 찾아오는 나만의 유행이 있는데, 지금 딱 그것이 왔다.

바로 수영이다.

유행이 사그라지면 풀장 가는 발길을 뚝 끊지만, 유행할 때는 헤엄치고 싶어서 몸에, 아니 뇌에 좀이 쑤신다.

지금 다니는 곳은 집 근처 호텔에 있는 풀장이다.

역사가 아주 오래되었는데, 예전에는 공중목욕탕이었다던가.

테라스의 장식 등이 아주 분위기 있고 창문으로 들어오는 빛이 무척 기분 좋다.

무엇보다 언제 가도 대체로 한산해서 수영하는 사람이 평균적으로 다섯 명 정도밖에 없다.

남들은 모르는 노다지를 발견한 기분이다.

초등학생 시절 몇 년 동안 수영 교실을 다녔다.

배영, 자유형 등 종목별로 급이 나뉘어 있었는데, 숙달되면 테스트를 받고 거기서 합격하면 다음 영법으로 넘어갈 수 있었다.

그 과정에서 나는 평영 테스트를 받을 수 있는 수준에 좀처럼 도달하지 못했다.

그래서 매주 오로지 평영만 연습했다.

나중에 온 아이들은 실력이 척척 향상되어 테스트를 받고 다음 영법으로 넘어가는데, 나는 분명 1년도 넘게 평영반에 머물러 있었다.

그런 아이는 나뿐이었다.

하지만 지금은 그 점에 매우 감사하고 있다.

나는 평영이라면 아무리 오래 헤엄쳐도 지치지 않게 되었다.

그렇다, 나는 평영을 무척 좋아하게 되어서 풀장에 가면 언제나 평영으로만 수영한다.

오히려 쉽사리 테스트를 통과한 배영이나 자유형으로는 전혀 수영할 마음이 들지 않는다.

이야기가 건너뛰지만, 그래서 독일어도 평영을 목표로 느긋하게 익혀나가기로 했다.

아무리 시간이 많이 걸리더라도 몸에 익히는 게 이득

이다.

옆을 보면서 다른 사람과 비교할 필요는 없으니까, 아무튼 앞을 보고 한 걸음씩 착실히 나아가자며 스스로를 격려하고 있다.

힘들어지면 평영을 떠올리자.

그래서 요리를 하며, 목욕을 하며, 부지런히 라디오를 듣고 있다.

오늘은 평소 잘 가지 않는 지역을 걷다가 좋은 가게를 발견했다.

무려 강아지 식품점.

강아지 전용 정육점이었다.

유리네가 아주 기뻐한다.

파리로

딸기 철이 되었다.

오직 이 시기에만 딸기 노점상이 길거리 곳곳에 모습을 드러낸다.

눈에 들어오면 무심결에 사고 싶어져서 곤란하지만.

앞으로 한동안은 딸기 삼매경이다.

딸기 노점상에서 파는 딸기는 달콤하고 정말 맛있다.

달다고 해도 일본 딸기만큼은 아니지만, 나는 이것이 딸기 본연의 달콤함이 아닐까 한다.

크기도 제각각이라서 마음이 놓인다.

그대로 먹어도 맛있는데, 어제는 코코넛밀크로 만든 요구르트(같은 것)와 섞고 벌꿀을 조금 뿌려서 먹어봤다.

완벽한 정답이었다.

이 코코넛밀크로 만든 요구르트(같은 것)가 너무 좋다.

그러고 보니 친정집에는 딸기 스푼*이 잔뜩 있었다.

딸기를 으깨는 데 유용하다.

나는 단연코 으깨어 먹는 타입이다.

으깬 딸기에 팥과 아이스크림을 섞어 먹는 것도 좋아한다.

오늘부터 일주일 동안 프랑스에 간다.

우선은 파리로 가서 인터뷰 등을 하고, 후반에는 오세르라는 작은 도시에 갈 예정이다.

거기서 열리는 문학제에 초대받은 것이다.

오세르는 처음이고, 아직까지도 위치가 어디쯤인지 정확히 파악하지 못했다.

그런데 며칠 전 파리에 대해 조사하다 보니 왠지 점점 우울해졌다.

엄청난 대도시였던 것이다.

찜찜한 기분이 가시지 않아서, 이 기분의 정체는 뭘까 생각해봤는데 '주눅'이라는 감정이었다.

---

* 딸기를 으깨는 용도로 일본에서 개발한 스푼. 납작한 숟가락 머리에 오돌토돌한 돌기가 있다. 예전에는 딸기의 신맛이 강하고 열매가 작았기 때문에, 일본에서는 딸기를 으깨어 연유나 설탕을 뿌려 먹었다.

정보가 넘쳐나고, 근사한 것이 넘쳐나고, 젊은 시절에는 그야말로 파리에 가는 것이 기뻐서 주체할 수 없었지만 지금은 뭔가 굉장히 주눅이 든다.

　괜찮을까, 나.

　뭐, 막상 가보면 그건 그것대로 즐겁다는 건 알지만.

　행복이란 뭘까? 이런 생각을 어렴풋이 하는 요즘이다.

　참, 나는 프랑스 호텔의 향수 냄새가 정말 견디기 힘들다.

　독일 호텔에서 향수 냄새가 진동했던 기억은 없으니, 이웃 나라이긴 해도 역시 가치관이 완전히 다르구나 싶다.

　부디 내가 머무를 방의 향수 냄새가 지독하지 않기를.

　하지만 이렇게 '싫다, 싫어' 생각하면 양자역학적으로는 오히려 그것을 끌어당기게 되는 모양이니까, 나쁜 일은 되도록 생각하지 말아야겠다.

　이번에는 일본에서 담당 편집자 두 분이 오신다.

　만나 뵐 수 있는 것이 너무 기쁘다.

사 인 회

벌써 몇 번째인지 모를 파리 방문이지만 매번 올 때마다 한숨이 나온다.

사람의 힘만으로 잘도 이렇게까지 아름다운 거리를 만들었구나, 하고 감탄한다.

여기도 저기도, 마치 화려한 생일 케이크처럼 장식이 흩뿌려져 있어서 눈 둘 곳을 모르겠다.

독일이 뺄셈의 문화라면 프랑스는 덧셈의 문화다.

모든 게 하나하나 다 요염하다.

단, 공항에서 택시를 타고 도시 중심부로 들어오는 사이 걸인의 모습이 전에 없이 눈에 많이 띈 것은 확실하다.

빈부 격차가 심각한 현실을 여실히 느낀다.

내가 묵은 센강 좌안의 호텔 근처에서도 많은 걸인을

봤다.

아름다운 장식이 달린 회랑과 그 한 모퉁이에 드러누운 걸인들의 대비가 무척 슬펐다.

관광객들은 당연히 신바람이 나 있지만, 파리지앵들은 왠지 아주 지쳐 보였다.

내 기분 탓일 수도 있지만.

그만큼 테러를 당하면 건강한 마음도 피폐해지겠지 싶었다.

그래도 분위기 좋은 카페의 테라스 자리에서 신문을 읽는 빨간 바지 아저씨나, 분홍색 머플러를 자연스럽게 목에 두른 할머니의 모습에서 파리지앵의 기개 같은 것을 느꼈다.

"힘내라, 파리!" 하고 응원을 보내고 싶어졌다.

파리에서는 몇몇 매체와 인터뷰를 하고 서점에서 사인회를 가졌다.

그렇게 파리 중심부라고는 할 수 없는 작은 동네의 서점이었다. 하지만 상점가에 있고, 동네 사람들이 가벼운 마음으로 들를 수 있는 그 서점이 나는 무척 좋았다.

결코 넓지 않은 가게 한구석에 책상과 의자가 준비되어 있어서 나는 거기 앉아 독자를 기다렸다.

책상에는 가게 포장지를 붙여놓았는데, 손수 만든 그 느낌이 또 좋았다.

가게가 있는 상점가는 기본적으로 보행자 전용이었고, 가게 입구에서 건너편 채소 가게 진열대의 채소가 보였다.

거기서 멍하니 두 시간 동안 독자를 기다렸다.

한가로운 시간이었다.

내 작품 중 프랑스어로 번역된 것은 『달팽이 식당』*과 『바나나 빛 행복』**, 『무지갯빛 정원にじいろガーデン』이고, 올여름 『츠바키 문구점』***이 네 번째로 출간된다.

와주신 독자분이 자신의 가방에서 손때 묻은 나의 책을 꺼내고, 그 책에 내가 일본어로 사인을 한다.

이국땅에서도 내 작품이 읽히고 있다니, 평소에는 좀처럼 상상이 안 되지만 이렇게 실제로 외국 독자분을 만나면 새삼 신기한 기분이 든다.

제대로 전해지고 있다는 것을 피부로 느낀다.

얼마나 행복한 일인지.

그 후에는 서점 근처의 카페로 이동해 《르 몽드》지와 인터뷰를 했다.

벌써 저녁 7시가 지났기 때문에 와인을 마셔도 된다고 했다.

---

* 　권남희 옮김, 알에이치코리아, 2022.
** 　권남희 옮김, 알에이치코리아, 2015.
*** 　권남희 옮김, 위즈덤하우스, 2017.

나도, 그리고 상대 기자도 와인을 마시며 이야기를 나눴다.

이런 건 일본이라면 있을 수 없는 일이라서 무척 즐겁다.

'모처럼 이 세상에 태어났으니 인생을 마음껏 즐겨야 해!'라는 프랑스의 정신을 일본인도 좀 본받으면 좋을지도 모르겠다.

그리고 오늘은 파리에서 오세르로 이동했다.

오세르는 프랑스어로 쓰면 AUXERRE다. 그래서 발음대로 로마자로 쳤을 때 정보가 좀처럼 나오지 않았던 것이다.

파리에서 전철로 두 시간 정도 걸리는 작은 마을.

중심부에는 욘강이 흐르고, 마을의 상징은 대성당이다.

지리적으로는 부르고뉴 지방에 속한다.

역에 내린 순간부터 이 마을에 푹 빠졌다.

지금은 밤 8시인데 바깥이 아직 밝다.

나뭇잎 사이로 비쳐 드는 햇빛이 무척 아름답고, 열어둔 창문으로는 작은 새가 지저귀는 소리와 대성당의 종소리가 들린다.

방금 문득 '오늘이 일요일이었나?' 싶었을 정도로 시간이 무척 한가롭게 흐르고 있다.

얼마나 평온하고 예쁜 마을인지.

지금부터 다 함께 저녁 식사를 할 예정이다.

내일은 느긋하게 마을 산책을 해봐야지.

오세르 문학제

아침, 교회 종소리에 눈을 떴다.

늘 생각하지만 저건 누가 치는 걸까.

매번 같은 사람일까?

그날의 컨디션이나 기분에 따라 소리가 달라지기도 하는 걸까?

유럽의 시골 마을에 와서 교회 종소리를 들으면 왠지 횡재한 기분이 든다.

시간이 딱 맞지 않는 것도 인간미 있어서 좋다.

오세르에는 생테티엔 대성당이라는 아주 오래된 성당이 있다.

내가 방문했을 때도 스테인드글라스를 통해 비쳐 드는 빛이 무척 아름다웠다.

파리에서 오세르로 온 뒤로 한 번도 비가 오지 않았고, 연일 쨍 소리가 날 듯한 푸른 하늘이다.

프랑스의 다른 지역은 날씨가 나쁜 모양이지만.

오세르 문학제 회장으로 쓰이는 건물은 옛 수도원이어서 아주 정취 있다.

지하 예배당에는 5세기에 제작된 벽화가 남아 있는데, 프랑스에서 가장 오래된 것이다.

금요일 저녁에 개회식을 했고 토요일과 일요일에 문학제가 열린다.

문학제는 오세르 구시가의 중심에 있는 서점에서 주최하는데, 올해로 다섯 번째라고 한다.

매년 해외 문학 작가 가운데 서점 주인이 좋아하는 사람을 초대한다고 하며, 올해는 캐나다, 멕시코, 튀니지, 한국, 일본 작가가 참가했다.

일본인 작가는 내가 처음인 모양이다.

이 지역의 자원봉사자가 역까지 마중을 나오는 등 마을 전체가 문학제를 지원하고 있다.

책을 전하려는, 이야기를 널리 알리려는 순수한 마음이 곳곳에 스며 있어서 조금도 음흉한 느낌이 없달까, 여하튼 진정으로 편안한 문학제다.

초대받은 작가와 독자, 그리고 스태프까지 모두가 이 축제를 즐긴다.

그나저나 오세르에 온 뒤로 계속 먹는다.

오늘 점심은 다 함께 맑은 하늘 아래에서 프랑스식 도시락을 먹었다.

물론 대부분이 와인을 마셨다.

프랑스식 도시락이니 당연히 치즈가 딸려 있었다.

어제는 밤 9시에 저녁 식사를 시작했는데 끝난 건 12시가 넘어서였다.

오세르의 명물은 달팽이 요리 에스카르고.

사실 나는 여태 먹어본 적이 없어서 엊그제 저녁 식사가 첫 도전이었다.

너무 맛있었다!

그렇구나, 에스카르고는 조개 같은 거구나, 하고 납득했다.

마흔몇 해 동안 먹어보지도 않고 싫어했던 것을 후회했다.

식사를 하면서 대담을 하고, 사인회를 하고, 라디오방송에 출연하고.

무엇보다 프랑스 독자분들을 만나 뵙고 직접 이야기를 나눌 수 있는 것이 최고의 행복이다.

메르시!!!

프 랑 스 꿈

꿈속에서 아직 프랑스 여행을 하고 있어서, 사람들이 말하는 프랑스어와 이번에도 동행해주신 통역가 다르투아 씨의 목소리가 귓가에 들렸다.

눈을 떴을 때 어째서 여기 나밖에 없는 걸까 싶어 기분이 이상했다.

정말 좋은 여행이었다.

여행 내내 말도 안 되게 아름다운 풍경을 보았던 것 같다.

실은 가기 전까지 마음이 아주 무겁고 찜찜했다.

내가 과연 다음 작품을 쓸 수 있을까, 지금 내가 하고 있는 건 헛일이 아닐까, 그런 불안 요소만 가슴을 스쳐서 도통 밝은 기분이 들지 않았다.

내 마음의 풍경과 프랑스가 너무도 달랐다.

하지만 막상 갔더니 창문이 열리고 바람이 마음을 통과해 지나갔다.

특히 오세르에 도착한 뒤로는 가슴속 창문이 활짝 열렸다.

정말로 바람이 잘 통하는 마을이었다.

오세르에서는 여러 만남이 있었다.

유난히 기뻤던 일은 우리가 식사를 한 레스토랑 사장님이 내 책을 읽고 감동했다고 말해준 것.

자신은 평소 좀처럼 책을 읽지 않는데, 그 책만은 술술 읽혀서 정말 좋았다고 흥분한 기색으로 이야기해줬다.

차로 마중을 나오고 배웅도 해준 남자 자원봉사자는 예전에 독일어 선생님이었다며 『바나나 빛 행복』 표지 뒤에 독일어로 메시지를 써서 보여줬다.

아침 녘에 꾼 꿈은 대단히 암시적이었다.

내 나름대로 해석해서 간단히 요약해보면, 당신의 새로운 인생은 이미 시작되었으니 정신 차리고 앞을 향해 나아가라는 것.

분명 나의 분기점이 될 듯한 아주 뜻깊은 시간이었다.

베를린의 풍경에 익숙해져서 좀 당연시했던 것 같지만,

일주일 동안 베를린을 떠나 있다가 돌아와보니 '아아, 역시 좋은 동네구나'라는 실감이 났다.

초록색 잎이 동네 전체를 감싸고 있다.

공원에서는 많은 이들이 피크닉을 즐기고 있어서 베를린에는 베를린만의 소박한 장점이 있구나 싶었다.

역시 이곳은 기적의 동네다.

이제 일주일 정도 지나면 일본에서 펭귄이 온다.

뭐 필요한 거 있으면 알려달라지만 일본 식재료도 아직 꽤 많이 남아 있고, 머릿속에 딱 떠오르는 게 없다.

굳이 말하자면 가키노타네*? 그거랑 가린토**??

그리고 부드러운 양념 다시마를 채 썬 것(이건 정확한 명칭이 있는 걸까?).

볶음밥에 넣거나 할 때 편하다.

그러고 보니 오세르에서 묵었던 호텔 근처에서 주말에 노천 시장이 열렸는데, 거기서 팔던 아스파라거스가 아주 예뻤다.

흰색과 연두색의 중간쯤 되는 색깔로 보기만 해도 황홀

---

* 반죽한 찹쌀이나 멥쌀을 얇고 길게 썰어서 표면을 간장 등으로 코팅하고 양념해 구운 과자의 일반 명칭.
** 막대 모양으로 만든 밀가루 반죽을 기름에 튀긴 후 설탕물을 묻혀 건조시킨 과자.

해졌다.

　이번에는 파리에서도 오세르에서도, 메뉴판에서 아스파라거스라는 글자를 발견하면 묻지도 따지지도 않고 그 메뉴를 주문해 아스파라거스를 실컷 즐겼다.

　펭귄이 올 때까지 아스파라거스를 먹을 수 있으면 좋겠는데.

장애물 달리기처럼

의미심장한 꿈, 제2탄.

나는 차를 타고 있다.

나 말고도 프랑스 문학제에 동행해주신 편집자 두 분이
함께 타고 있다.

나는 살날이 한 달 남은 몸.

차창으로 엄마가 느닷없이 얼굴을 내민다.

"아가씨들, 아이 러브 유!"

발랄하게 외치더니 비닐봉지에 든 붕어빵을 차 안으로
휙 던져 넣었다.

단지 그뿐.

하지만 그 꿈을 꾼 후, 나는 이불 속에서 눈물이 멎지 않
았다.

실제 엄마는 그런 말을 할 법한 사람이 전혀 아니었다.

하지만 사실은 그런 식으로 발랄하게 살고팠구나 생각했다.

엄마의 내면의 내면의 내면의 내면에는 그런 엄마가 있었을지도 모른다.

나는 그것을 알아차리지 못했다.

그리고 이제 두 번 다시 엄마와 만날 수 없구나 생각하니 눈물이 났다.

엄마가 보낸 마지막 메시지 같았다.

그러고 보니 엄마가 선물로 붕어빵을 자주 사 왔던 것이 떠올랐다.

그날 아침 눈을 떴더니 목이 완전히 굳어 있었다.

잠을 잘못 잔 것이다.

가끔 이러지만 요 몇 년 동안은 괜찮아서 마음 놓고 있었다.

나는 무언가 피로가 쌓이면 금세 목이 이상해진다.

우왕좌왕하는 사이에 목에서 등, 허리, 배까지 통증이 퍼져 이윽고 두통도 생겼고, 걷는 것조차 힘들어졌다.

이럴 때 혼자 있으면 정말 괴롭다.

주말에는 거의 누워 지냈다.

식욕도 없어서 보존식품으로 나온 떡이나 유리네 간식용으로 사둔 밤 같은 것을 대충 먹으며 간신히 버텼다.

너무너무 아파서 일요일에는 유리네 산책도 못 갔다.

실은 프랑스에서 돌아오자마자 큰일이 하나 생겼다.

내가 임대한 아파트에는 지하 창고(켈러Keller)가 있는데 (대체로 어느 아파트에나 지하 창고가 있다), 각 세대에서 자물쇠를 달아 자신들의 짐을 넣어두고 사용한다.

그런데 나는 지하 창고가 감옥의 독방 같아서 무서웠고, 딱히 넣을 물건도 없었기 때문에 텅 비워두고 있었다.

아무것도 넣어두지 않았으니 지하 창고 자체에 오랫동안 가지 않았다.

그런데 그것을 기회 삼아 어떤 자가 우리 집 지하 창고의 자물쇠를 절단하고 새로운 자물쇠를 달아 멋대로 자기 물건을 넣어서 사용하고 있었던 것이다.

누가 언제부터 썼는지도 모르겠고, 앞으로의 상황에 따라서는 경찰을 부를 수도 있는 사건이기에 엄청난 스트레스를 받았다.

무엇보다 그런 짓을 하는 사람이 가까이에 있다는 데 놀랐고 충격을 받았다.

관리 회사에도 편지를 보내야 해서 스트레스가 쌓여 있

었다.

목 통증과 지하실 문제 말고도, 하는 일이 틀어지고 운도 따라주지 않아서 정말이지 울고 싶었다.

어제 겨우 중의학 의사를 찾아가 침 뜸 치료를 받고 약간 회복되었는데, 왠지 자포자기한 심정이 되어 밤에 화이트와인을 따기로 했다.

냉장고에 들어 있던 병 하나를 꺼내어 코르크를 뽑으면서, '근데 왜 코르크 와인이 우리 집에 있지?' 하는 의문이 들었다.

나는 마시고 싶을 때 얼른 마시기 위해 코르크 와인은 좀처럼 사지 않는다.

게다가 늘 사 오는 독일 와인과 라벨의 느낌이 뭔가 다른데, 생각하며 코르크를 뽑은 순간 깨달았다.

아, 나도 참 무슨 짓을 한 걸까.

이 화이트와인은 오세르 문학제의 주최자가 참가 기념으로 선물해준 샤블리*였다.

펭귄이 오면 맛있는 요리를 만들어서 그때 마실 생각이었는데.

오세르는 부르고뉴 지방의 중심지인데 샤블리로 유명

---

* 프랑스 부르고뉴 지방에서 생산하는 백포도주.

하다.

모처럼 받은 소중한 한 병을 이런 타이밍에 따버리다니.

나조차 내가 한심해진다.

물론 맛있었지만.

게다가 '그럼 사진이라도 남기자' 하고 와인 병을 들어 올린 순간, 이번에는 와인 잔 테두리에 부딪쳐 좋아하던 와인 잔을 깨버렸다.

역시 더는 쓸 수 없다.

그런 일이 족족 생겨서 요 일주일은 마치 장애물달리기를 하는 것 같았다.

하지만 그렇게나 힘든 일이 잔뜩 이어져도 희한하게 멘털이 깨지지 않은 것이 나로서도 신기하다.

오늘은 목이 아파서 일을 못 하고, 기온도 올라갈 것 같아서 아침 중에 유리네를 데리고 산책을 나갔다가 그대로 공원에서 맨발로 걸었다.

맨발이 땅에 닿으면 통증이 완화된다고 들었기 때문이다.

확실히 기분 좋았다.

그리고 무언가가 호전되었다.

아마, 이제 괜찮을 것이다.

마음껏 흙을 파헤친 유리네는 도둑 같은 얼굴이 되어버렸지만.

짝퉁 네리우메

펭귄이 합류해서 두 사람 더하기 한 마리의 생활로 돌아왔다.

밤에 잠을 푹 잘 수 있게 된 건 역시 곁에 사람이 있다는 안도감 덕분인지도 모른다.

유리네밖에 없을 때는 확실히 잠을 설쳤다.

화이트 아스파라거스도 아직 팔고 있다.

그래서 펭귄이 도착한 후 곧바로 가장 정석적인 방식으로 요리해 실컷 먹었다.

독일에 맛있는 음식이 아무것도 없었다는 이야기를 들을 때마다 어깨가 축 처지는데, 꼭 햄 가게에서 얇게 썰어 파는 햄을 드셔보셨으면 한다.

따끈따끈한 화이트 아스파라거스에 종잇장처럼 얇게 썬

햄을 올려 먹는 것이 이 시기 최고의 만찬이다.

리슬링* 화이트와인도 미네랄이 풍부해서 맛있었다.

그렇다 해도 혼자 먹으면 쓸쓸한데, 둘이서 먹으니 활기차서 좋다.

파리의 서점에서 사인회를 했을 때 서점 직원과 화이트 아스파라거스 이야기를 하게 되었는데, "프랑스에서는 껍질을 어떻게 사용하나요?"라고 물었더니 모두가 멀뚱한 얼굴로 당연하다는 듯이 "껍질은 버리는 거죠" 하고 대답했다.

그 말을 듣고 깜짝 놀란 나.

내 주위에서는 화이트 아스파라거스 껍질을 재사용하는 것이 거의 상식이다.

껍질로도 맛있는 채수를 낼 수 있으니까 버리는 일은 있을 수 없다. 아깝다!

이것이 프랑스인과 독일인의 차이인지 파리지앵과 베를리너에 한정된 일인지 확실치 않지만, 여하튼 양쪽의 사고방식과 가치관의 차이를 생생하게 느낀 사건이었다.

물론 나도 '버리는 일은 있을 수 없다!' 파라서 이번에도 껍질을 보글보글 끓여서 채수를 내고, 그것을 또 비트 수프에 활용해봤다.

* 독일에서 가장 많이 재배하는 포도 품종. 이 품종으로 만든 포도주는 전 세계적으로 최고급이다.

비트는 이 계절 채소 가게 진열대에 자주 놓이는 순무처럼 생긴 채소다.

일본에서는 요리에 별로 쓰지 않지만 유럽 사람들은 자주 먹는다.

라트비아에서는 차가운 수프로 만드는 것이 정석이라서 나도 그렇게 요리해봤다.

달짝지근하고 색깔이 예쁘다.

라트비아 식당에서 나왔던 수프는 색깔이 분홍에 더 가까웠는데, 내가 만든 것은 굳이 구분하자면 빨강에 가까운 분홍이다.

여기에 사워크림을 넣어봤다.

새콤한 맛이 더해져 더운 날 먹기에는 최고로 좋은 수프다.

새콤한 맛이라 하니 말인데 얼마 전 엄청난 사실을 발견했다.

여기서 어떻게 우메보시*를 만들어볼 수 없을까 고민하던 차에, 놀랍게도 루바브와 소금으로 짝퉁 네리우메**를 만들 수 있다는 이야기를 들었다.

* 매실을 소금에 절인 후 말려 먹는 일본의 전통 음식.
** 우메보시를 이겨서 페이스트 상태로 만든 음식.

정말일까 반신반의하며 루바브를 한 줄기만 사 와서 시험 삼아 만들어봤더니 네리우메와 전혀 다르지 않은 음식이 완성되었다.

그 증거로 펭귄도 완전히 우메보시로 여기며 먹었을 정도다.

색깔도 그렇고, 새콤한 맛도 그렇고, 매실과 똑같다.

이렇게까지 맛이 비슷하니 영양도 분명 비슷하지 않을까 멋대로 추측하고 있다.

이로써 네리우메(짝퉁)를 요리에 척척 쓸 수 있게 됐다.

조만간 잔뜩 만들어서 냉동 보관해야지.

참고로 만드는 방법은 간단하다.

껍질을 벗기고 질긴 섬유질을 제거한 루바브를 잘게 썰어 물에 씻고 소금을 뿌려서 잠시 둔 다음, 소금이 녹아 수분이 나오기 시작하면 불에 올려 보글보글 끓이기만 하면 된다.

루바브가 익으면 부드러워지는데, 그것을 으깨가며 수분을 날리면 겉모양도 맛도 그야말로 네리우메와 똑같아진다.

마지막에 꿀을 살짝 더해도 좋을 것 같다.

오늘은 펭귄이 부엌에 서서 드라이카레를 만들었다.

혼자 생활하는 시간이 길어지며 직접 요리를 하는 경우도 많아졌기 때문에, 요즘 펭귄의 요리 레퍼토리가 확 늘었다.

좋은 일이야.

지하 창고 문제도 해결했고 목도 나았다. 그 연이은 고난은 대체 뭐였을까.

유유히 흘러가는 일상적인 시간이 지금은 못 견디게 사랑스럽다.

홈스테이

어제부터 열한 살짜리 남자애가 우리 집에서 홈스테이를 하고 있다.

친구의 아들인데, 이전에도 함께 밥을 먹거나 놀러 간 적은 있지만 집에서 재우는 건 처음이다.

게다가 사정이 생겨 아이 엄마가 베를린을 떠나 있는 동안 집 몇 군데를 전전하는 중이다.

이제 그 생활이 후반으로 접어들어 외롭지 않을까 걱정이었다.

아이는 어제 야구 시합을 마친 뒤 우리 집에 체크인했다.

때마침 축구 월드컵 기간과 겹쳤고, 게다가 어제는 독일의 첫 경기가 있었다. 상대는 멕시코.

일단 우리 집에서도 일본 방송을 라이브로 볼 수 있기

때문에 NHK로 관전했다.

열한 살짜리 남자애, 독일에 사는 만큼 축구라면 척척박사다.

저 선수는 어느 구단에서 뛰고 있다든가, 지난번 월드컵에는 부상으로 출전하지 못했다든가, 온갖 정보를 자세하게 알려준다.

덧붙여 이 아이는 세 살쯤부터 거의 독일에서만 생활했고 이곳의 공립학교를 다니고 있어서 독일어가 더 편하다고 한다.

나이는 가장 어리지만 무슨 일이 생겼을 때 의지가 되는 건 틀림없이 이 아이다.

우리 집에서 지내는 동안 독일어를 가르쳐달라고 해야지.

시합은 설마설마했던 패배.

멕시코가 확실히 강했지만 독일 국민은 틀림없이 이길 거라고 생각했겠지.

우리 아파트 옆에 스포츠 바가 있어서 축구 시합이 열릴 때면 시끌벅적한데, 어제는 시간이 지날수록 점점 분위기가 가라앉는 것이 느껴졌다.

왠지 이번 월드컵, 형세가 심상치 않다.

예상과 다른 결과가 나오는 경우도 많을 듯한데, 어쩌면 일본이 이기는 거 아닐까.

일본의 첫 경기는 내일이던가?

어제는 펭귄의 생일이어서 시합이 끝난 뒤 근처 이탤리언 레스토랑에 가서 식사를 했다.

런던에서 놀러 온 M코 씨도 합류해 넷이서 회식을 하게 되었다.

기분 탓인지 주위 독일인들의 표정이 어두웠다.

독일 국기를 얼굴에 그려 넣은 사람도 많아서 '이럴 리 없는데' 하는 분위기가 전해졌다.

앞으로 있을 시합에서 독일 팀이 이겨 다음 단계로 나아가기를 기도할 뿐이다.

물론 일본 팀도 전력을 다해줬으면 한다.

집으로 돌아와 다시 한번 작은 화면으로, 이번에는 브라질 대 스위스 시합을 봤다.

도중에 아이가 없어졌나 했더니 나와 유리네가 함께 쓰는 낮잠 이불 속에서 자고 있었다.

기분 좋게 자고 있기에 그대로 재웠다.

그리고 오늘은 5시 반 기상.

독일에서는 점심 급식 전 출출할 때 먹는 간이 도시락 같은 것을 각자 싸 가야 해서, 채소 스틱이든 샌드위치든 뭐든 괜찮으니 매일 들려 보냈으면 한다고 친구가 부탁했다.

그래서 나는 밥을 짓고 샌드위치김밥을 만들었다.

속 재료는 소불고기와 단무지.

그것을 도시락 통처럼 생긴 용기에 넣어서 건네며 "잘 다녀오렴" 하고 배웅했다.

일본에서도 문제라지만 S 군의 가방도 엄청나게 무거워 보인다.

오늘은 크로켓을 만들 예정이다.

지난주 금요일 마르크트에서 파근파근한 감자를 잔뜩 사 왔다.

여기서 크로켓을 만드는 건 처음이다.

의욕적으로 돼지고기를 다지고 있었더니 "내가 요청했을 땐 안 만들어줬으면서" 하고 펭귄이 원망스러운 표정을 지었다.

그야 그렇지.

어쨌든 이번 홈스테이 중에는 맛있는 음식을 잔뜩 준비해서 배를 곯는 일이 없도록 하는 것이 목표인걸.

열한 살짜리 남자애는 생각했던 것보다 훨씬 어리고, 순수하고, 무척 귀엽다.

자신을 가리킬 때 "○○ 군" 하며 '군'을 붙여 부른다.

독일어로는 안 붙이는데 일본어라서 그렇다고 직접 변명했다.

자, 이제부터 크로켓용 반죽을 끝없이 뭉치고 튀김옷을 입혀야 한다.

지금은 S 군과 펭귄이 사이좋게 간식을 먹고 있다.

엄마 일

　쌀통에 있던 쌀이 부쩍부쩍 줄어들어 결국 오늘 아침에 바닥을 드러냈다.

　요 며칠 동안은 정말로 자주 밥을 지었다.

　평소에는 하루에 밥을 두 번 지을 일이 없는데 이번에는 아침저녁으로 두 번 짓는 경우도 드물지 않았다.

　그나저나 엄마 일은 엄청나다.

　S 군은 전혀 손이 안 가는 아이지만, 그럼에도 등하굣길에 동행하거나 집에 오는 시간에 맞춰 장보기를 마치려니 이런저런 시간제한이 생긴다.

　나야 기간 한정으로 하는 일이라서 마음이 편한데, 이런 생활을 끝없이 해나가다니 세상 모든 엄마들은 정말 대단하다!

오전에 먹는 미니 도시락은 대부분 샌드위치김밥을 만들어줬다.

김이 얼마나 뛰어난 식품인지 새삼 실감했다.

먹을 수 있는 데다 맛있기까지 한 포장지인 것이다.

반찬과 밥을 김으로 싸서 그대로 먹을 수 있다니, 획기적이다.

오늘은 펭귄이 어제 만든 카레를 샌드위치김밥에 활용했다.

우리 것도 만들어서 방금 전에 먹어봤는데 상당히 맛있었다.

크로켓은 품이 든 것치고는 내 요리 역사상 최악으로 만들어져서 슬펐다.

밀가루가 달라서 그런지 튀기는 도중에 튀김옷이 점점 벗겨지며 부스러졌다.

그렇게 꼴사나운 크로켓은 처음이라서 나 자신을 저주하고 싶어졌다.

그 대신 다음 날 보습교*에 가져가기 위해 만든 가라아게** 도시락은 내가 느끼기에도 회심의 역작이었다.

---

* 일본인 인구가 적은 지역 등지에서 평일 방과 후나 주말에 일본어를 중심으로 보습을 하는 학교.
** 재료에 아무것도 묻히지 않거나 밀가루 등의 가루만 묻혀 튀긴 음식.

평소에는 좀처럼 가라아게를 만들지 않는다.

꽤 오래전 펭귄에게 해줬더니 "난 가라아게를 별로 안좋아해"라고 해서, 그 이후로 만들지 않게 된 것이다.

하지만 이번에 S 군에게 좋아하는 음식이 뭔지 물었더니 가장 먼저 말한 것이 가라아게였다.

그래서 오랜만에 가라아게를 만들었다.

무엇이 성공으로 이끌었는지 나도 모르겠지만, 여하튼 그 가라아게는 내 요리 역사상 최고로 잘 만들어졌다.

겉껍질은 바삭바삭했고, 게다가 식어도 그 바삭바삭함이 사라지지 않았으며, 속은 촉촉하게 완성됐다.

맛을 보려고 작은 것을 집어 먹었는데 너무 맛있어서 하마터면 도시락에 넣을 것까지 먹을 뻔했다.

닭고기에 소금누룩과 카레 분말로 밑간을 해둔 것이 맛을 뒷받침해줬는지도 모른다.

밥 위에 간장으로 간을 한 가다랑어 포를 뿌리고, 그 위에 김을 얹고, 다시 그 위에 가라아게를 얹었다.

남자애는 정말로 가라아게를 좋아하는구나.

남은 것을 펭귄에게도 줬더니 극찬했다. 심지어 왜 자기한테는 안 해주냐며 불평을 했다.

"그야 가라아게를 싫어한다고 했으니까"라고 했더니 자신은 가라아게를 좋아한다고 지껄였다.

금시초문이다.

전에 분명히 안 좋아한다고 말했으면서.

어제는 미니 도시락으로 김초밥을 만들어봤다.

소풍 같은 작은 행사가 있을 때 엄마가 자주 만들어준 것이 김초밥이었다.

하지만 내 손으로는 웬만해선 만들지 않는다.

속 재료를 준비하는 게 귀찮아서 여태껏 김초밥은 한 번밖에 안 만들어봤다.

하지만 모처럼이니 도전했다.

달걀말이를 만들고, 박고지를 조리고, 당근을 썰고, 냉장고에 남아 있던 히키와리낫토*와 소불고기까지 총동원했다.

속 재료 위치를 잘못 잡아서 균형이 안 맞아 보였지만.

엄마는 잘도 이런 귀찮은 음식을 만들어주셨구나.

덕분에 나는 지금도 김초밥을 아주 좋아한다.

앞으로는 김초밥을 더 자주 만들자.

김의 저력을 확실하게 느낀 며칠이었다.

그리고 오늘, S 군의 홈스테이가 끝난다.

왠지 유사 가족 같아서 즐거웠다.

* 말린 대두를 맷돌 같은 것으로 갈아서 껍질을 벗긴 후 발효시킨 낫토.

우리 집은 펭귄과 개와 나로 구성된 좀 색다른 가족이기 때문에 빈틈이 잔뜩 있어서 외부 사람도 들어오기 쉬운지 모른다.

S 군도 엄마를 그리워하며 병을 앓지 않아서 다행이었다.

참고로 나는 완전히 방임주의자에 자기책임주의자다.

나한테는 자식이 없지만, 만약 있었다면 분명 이런 엄마가 되었겠구나 하고 상상했다.

이를 안 닦고 잤다가 충치가 생기면 아픈 건 본인이고, 밤늦게까지 게임을 하면 다음 날 지각하는 것도 본인이다.

아무리 말로 주의를 줘봤자 직접 뼈아픈 경험을 하지 않으면 모르리라 생각하기 때문에, 아마 잔소리가 심한 엄마는 되지 않았을 것 같다.

어쨌든 한계까지 참다가 정말로 인내심이 바닥났을 때만 손을 내민다.

그 외에는 방치.

이번에 S 군에게도 일부러 아무런 주의를 주지 않았다.

그러고 보니 월드컵 첫 경기에서 일본이 이겼다.

대단해!

일요일에도 힘껏 응원해야지.

100년

얼마 전 누룩을 사러 누룩 가게에 다녀왔다.

예전에는 집 한구석을 작업장 삼아 만들었는데 최근 가게를 차렸다고 한다.

밝은색 목재를 아낌없이 쓴 아주 기분 좋은 공간으로, 안으로 들어서면 달착지근한 누룩 향에 휩싸인다.

베를린에 설마 이런 가게가 생길 줄이야.

우리 집 식생활은 이곳의 낫토와 누룩으로 만드는 된장에 큰 신세를 지고 있다.

와인 통에서 익어가는 것은 간장이고, 항아리에서 익어가는 것은 된장이다.

나는 선반에 죽 늘어서 있는 이 항아리들이 분명 일본에서 보낸 물건일 거라고 생각했다.

그런데 그것들은 전부 독일의 양배추절임인 사워크라우트를 담그는 항아리라고 한다.

색깔도 생김새도 친정집 창고에 잠들어 있던 절임용 항아리와 똑 닮았다.

골동품 시장에서 찾아보면 매물이 꽤 많은 모양이지만 새것도 있다고 한다.

서독 제품과 동독 제품은 색깔과 형태가 미묘하게 다른데, 어느 한쪽을 고르자면 나는 동독에서 쓰던 항아리가 더 좋았다.

된장을 담그거나 할 때 요긴할 듯하니 나도 다음에 항아리를 찾아봐야지.

그리고 집에 와서 제3회 된장 담그기를 시작했다.

지난번에 현미누룩을 썼기 때문에 이번에는 백미누룩으로 만들어봤다.

집에서 담근 된장은 정말 맛있다.

이렇게 간단히 만들 수 있는데도 여태까지 사서 먹었다니 믿을 수 없다.

베를린은 기후가 건조해서 곰팡이가 잘 안 생기기 때문에 된장 담그기에 적합하다.

처음 담근 된장이 엄청나게 맛있어서, 모두에게 나눠줬

더니 또 달라는 요청이 들어왔다. 왠지 된장 가게 주인이 된 듯한 기분이다.

채소 스틱에 찍어 먹는 등 즐기는 방법은 다양하지만 뭐니 뭐니 해도 역시 가장 맛있는 건 된장국이다.

된장에 따라 맛이 이렇게 달라질 줄이야!

내 인생에서 앞으로 몇 번이나 된장을 담글 수 있을까.

어제는 핀란드 헬싱키에서 놀러 온 친구 가족과 함께 공원 레스토랑에서 느긋하게 브런치를 즐겼다.

이 계절 유럽 사람들은 다들 저기로 갔다가 여기로 오며 마음껏 바캉스를 즐긴다.

베를린으로 오는 관광객이 가장 많아지는 것도 이 시기다.

재미있다고 생각한 것은 핀란드어에 영어의 he나 she와 같은 구분이 없다는 점이다.

애초에 남성이나 여성을 구별해서 인식하지 않고, 누구나 '사람'으로서 존재한다고 보는 사고방식의 표현이겠지.

그래서 여성의 사회 진출이 활발하고 국회의원으로 뽑히는 여성의 비율도 높은 것이리라 생각했다.

나는 오늘, 지금부터 리투아니아에 간다.

에스토니아와 라트비아, 리투아니아 모두 올해로 독립 100주년을 맞이하는 기념비적 해다.

게다가 라트비아와 리투아니아 두 나라에서 노래와 춤

축제가 열린다.

리투아니아에는 몇 년 전 펭귄과 사적으로 여행을 간 적이 있어서 이번 방문이 두 번째다.

이번 여행에도 또 멋진 만남이 많기를!

7월 12일

수도원에서 점심 식사를

카우나스는 한때 리투아니아의 임시 수도였던 도시이며 스기하라 지우네* 기념관이 있는 곳으로도 알려져 있다.

내가 카우나스를 방문한 것은 두 번째이고, 이번에는 사흘 동안 충분히 머물렀다.

도시 중심에서 조금 떨어진 곳에 있는 수도원에서 점심을 먹었다.

수도원 부지 내 호텔에 딸린 식당이었다.

아쉽게도 이번에는 그 호텔에 묵지 못했지만 다음에는 꼭 숙박해서 조용한 시간의 흐름을 즐기고 싶다.

식당에서 먹은 것은 모던 리투아니아 요리였는데, 모든

* 일본의 외교관으로 제2차 세계대전 중 나치 독일의 박해를 받던 수천 명의 유대인에게 비자를 발급해 학살로부터 구했다.

음식이 다 훌륭했다.

어느 레스토랑이든 처음에는 호밀빵을 기본으로 한 맛있는 빵이 나온다.

그리고 수프.

리투아니아 요리를 대표하는 것이 수프이기 때문에 수프 없이는 요리가 성립되지 않는다.

그래서 어느 레스토랑에 가든 맛있는 수프가 등장한다. 이건 거의 100퍼센트다.

일본으로 치면 된장국 같은 음식인지도 모른다.

수도원 호텔 식당에서 나온 것은 비트잎을 사용한 수프.

색깔이 아주 세련되고 예뻤다.

위에 뿌린 것은 말린 블랙 올리브.

전채 요리는 오리고기 테린*과 완두콩 퓌레**였고, 완두꽃이 곁들여져 있었다.

물론 먹을 수 있다.

메인 요리는 양 어깨 살, 함께 나온 건 발효시킨 보리와 수도원 부지 내의 밭에서 수확한 채소 등이었다.

디저트는 망고 치즈무스.

여기에 허브티 세 종류가 딸려 나왔다.

---

* 고기나 생선 등을 갈아서 굳힌 다음 차게 식혀서 얇게 썰어 먹는 요리.
** 채소나 고기를 갈고 체로 걸러서 걸쭉하게 만든 음식.

카우나스는 특히 모던 리투아니아 요리의 보고라서, 여하튼 어느 레스토랑이나 수준이 정말 높았다.

또 소금 간이 딱 좋아서 너무 짠 경우가 없다.

그래서 먹은 뒤에도 피곤해지지 않는다.

옛날부터 맥주 제조가 활발한 곳이어서 각 지역 맥주를 비교해가며 마시는 것도 아주 즐거웠다.

이 호텔과 레스토랑의 이름은 '몬테 파시스'인데, 이탈리아어로 '조용한 언덕'이라는 뜻이라고 한다.

수도원에는 지금도 수녀 열일곱 명이 살고 있다.

바로크양식으로 지은 교회로 내부 장식이 아름다웠다.

그러고 보니 카우나스 시내에서 멋쟁이 할머니를 만났다.

스웨터도 치마도 직접 떴다며, 본인이 뜬 옷만 입는다고 했다.

1년에 스웨터 한 장을 뜨는 것이 자신의 즐거움이라는 할머니는 헤어스타일과 조그만 귀고리까지 전부 세련되어서, 벤치에 앉아 책을 읽는 모습이 한 폭의 그림 같았다.

교회 순례

오랜만에 마르크트에 갔더니 꾀꼬리버섯이 벌써 나와 있었다.

'초코송이'(과자)를 조금 닮은 주황색 버섯이다.

7월도 중순을 지나면 이제 버섯의 계절이 된다.

이번 달은 여행의 달이었다.

먼저 리투아니아에 다녀왔고, 그로부터 얼마 지나지 않아 이번에는 북이탈리아에 간다.

유럽 안에서는 마치 국내 여행을 하듯 어디든 가뿐하게 갈 수 있다.

리투아니아에서 인상 깊었던 것은 교회다.

리투아니아인의 80퍼센트가 로마가톨릭교 신자라서, 그야말로 여기저기에 교회가 있다.

베를린에도 교회는 많다.

하지만 독일의 경우 사람들의 신앙심이 상당히 옅어지고 있어서, 사용하지 않게 된 교회에서는 콘서트나 그림 전시가 열리는 등 말하자면 주민 회관처럼 쓰이고 있다.

하지만 리투아니아의 교회는 이와는 달리 지금도 사람들이 신앙심을 바치는 장소로서 확실하게 기능한다.

그처럼 현재에도 본연의 역할로 사용되는 교회는 역시 무언가 다르다고 느꼈다.

일용품과 마찬가지로 교회도 그저 껍데기만 있다고 해서 존재감이 빛나는 건 아니다. 밥공기나 접시처럼 날마다 사람들의 손이 닿음으로써 아름다움이 더욱 깊어지는 것이다.

리투아니아에서는 몇 군데인지 셀 수 없을 만큼 많은 교회에 들렀는데, 하나하나 정말 아름다웠다.

그리고 그 이상으로 사람들이 진심으로 기도를 드리는 모습에 감동했다.

리투아니아는 기도의 나라다.

면적은 홋카이도보다 조금 작고 인구도 300만 명 정도밖에 안 된다.

몇 번이나 다른 나라의 공격을 받으며 가혹한 시대를 헤쳐 나왔다.

지금 지도 위에 '리투아니아'라는 작은 나라가 선명히 존재하는 건 기적에 가깝다.

용하게도 리투아니아어를, 노래를, 문화를 끊김 없이 이어왔다고 생각한다.

이번 여행의 주목적이었던 노래 축제도 근사했다.

'국가의 날'이었던 그날, 전 세계의 리투아니아 사람들이 리투아니아 시간으로 밤 9시 정각에 맞춰 동시에 국가를 불렀다.

그 노랫소리와 마음에 나는 눈물을 멈출 수 없었다.

무대에 선 2만 명과 회장에 있는 그보다 훨씬 많은 청중들, 그리고 전 세계에 퍼져 있는 리투아니아 사람들의 노랫소리가 하나가 되어 지구를 감쌌다.

돌아오는 길, 다리 위에서 아름답게 노을 진 하늘을 봤다.

이번 여행에서 가장 인상 깊었던 색이다.

나에게 발트삼국과의 만남은 라트비아가 계기였지만 리투아니아도 아주 좋아하게 되었다.

라트비아는 정신적으로 강해서 늠름한 이미지다.

반면 리투아니아의 이미지는 나긋하고 부드럽다.

더 북쪽에 있는 에스토니아와 함께, 각 나라가 독립한 뒤로 딱 한 세기가 지났다.

국가의 날인 7월 6일에는 나라 곳곳에 리투아니아 국기가 펄럭였다.

　노란색은 태양을, 초록색은 리투아니아의 자연을, 빨간색은 자유와 독립을 위해 흘린 피를 뜻한다.

　리투아니아 방문은 두 번째지만 북이탈리아는 벌써 몇 번이나 갔다.

　나는 좋아하게 되면 같은 가게나 장소에 몇 번이나 반복해서 간다.

　그래서 이번 북이탈리아 여행도 거의 늘 방문하는 곳을 돌아다니는 루트가 되었다.

　마치 오랜 친구를 만나러 가는 기분이었다.

　북이탈리아를 돌아보는 황금 루트가 완성되고 있다.

　피렌체에서도 하룻밤 묵으며 혼자 한 접시 다 먹기를 염원했던 스파이시 토마토 파스타를 먹고 왔다.

　실은 같은 파스타를 약 1년 전에 먹었는데, 그때는 셋이서 한 접시를 나눠 먹었다.

　그래서 그때 결심했던 것이다.

　다음에는 반드시 혼자 한 접시를 다 먹어야지, 하고.

　그 염원을 이번에 이룰 수 있었다.

　이번 여행에서는 산타마리아노벨라 약국에도 갈 수 있었다.

피렌체의 얼굴이라고도 할 수 있는 산타마리아노벨라 성당 바로 옆에 있는, 세계에서 가장 오래된 약국 중 하나라는 산타마리아노벨라 약국.

내부가 정말 근사해서 감동했다.

먼저 이곳에서 사 온 치약부터 쓰고 있는데, 쓸 때마다 매번 반한다.

오늘 아침에는 8시가 되기 전에 유리네를 산책시키고 왔다.

베를리너는 주말에 밤샘을 하기 때문에 일요일 그 시간은 아직 쥐 죽은 듯 조용하다.

낮에는 매일같이 30도가 넘지만 아침에는 서늘한 바람이 불어서 더위를 잘 타는 유리네도 척척 걷는다.

지난주쯤부터 우리 동네 제과점이 두 곳 다 여름휴가에 들어갔다.

그래서 평소에는 가지 않는, 독일인이 하는 카페에 가서 밀크커피를 마셨다.

그곳에만 사람이 바글바글했다.

펭귄이 있을 때는 보통 커피콩을 그때그때 갈아 집에서 커피를 마셨다.

근처 커피숍에서 볶은 커피콩을 사 오기 때문에 신선해

서, 솔직히 드립 커피라면 밖에서 마시는 것보다 집에서 마시는 게 맛있다.

하지만 가끔은 좀 엉성하게 내린, 그리 맛있지 않은 커피가 그리워진다.

오늘 아침 마신 밀크커피는 바로 그 의도에 꼭 맞는 맛이었다.

맛없는데, 맛있다.

동네에서 훌쩍 마시는 커피는 이 정도가 좋을지도 모른다.

누가 떨어트린 빵 조각을 수많은 참새가 떼를 지어 쪼아 먹고 있었다.

나는 그 모습을 보며 홀짝홀짝 밀크커피를 마셨다.

일상은 좋구나, 생각하며.

엊그제 본 부분일식이 예뻤다.

납량

덥다!

덥다, 덥다, 덥다, 덥다!!

지금 일본의 무더위도 심각하지만, 올여름은 전 세계에서 이상기후가 나타나고 있다.

베를린도 연일 최고기온이 30도를 넘고 더운 날은 35도까지 올라간다.

이렇게까지 리넨 옷 신세를 지는 여름은 처음이고, 봄부터 더운 날이 쭉 이어지고 있다.

너무 더운 나머지 어제는 빙수 가게에 다녀왔다.

생긴 지 얼마 안 된, 도쿄에서 온 빙수 가게다.

만약 작년에 개업했다면 상황이 완전히 달랐을 텐데, 이 더위 덕분에 가게 앞이 인산인해였다.

내부도 세련돼서 마치 일본에 와 있는 것 같았다.

가게에서 일하는 젊은이들도 빠릿빠릿했다.

아, 역시 일본 문화는 좋구나.

일본인만 가나 했더니 대부분 독일인과 일본 외의 아시아 사람들이었고, 다들 정신없이 빙수를 먹고 있었다.

얼음을 가는 수동 기계가 풀가동 중이었다.

그것을 아이들이 지겨운 기색도 없이 계속 관찰하고 있었다.

아마 기계를 사랑하는 독일인들은 이 아날로그적인 느낌이 못 견디게 좋겠지.

어떤 남자애는 30분도 넘게 얼음을 바라보고 있었다.

내가 주문한 것은 마스카포네 호지차* 빙수와 라즈베리 빙수.

둘 다 맛있었지만 특히 마스카포네 호지차 빙수가 엄청나게 맛있어서 깜짝 놀랐다.

얼음도 곱게 갈려 있어서 얼른 먹지 않으면 눈 깜짝할 사이에 물로 변한다.

베를린에서 본격적인 빙수를 먹을 수 있다니, 감개무량하다.

•   녹차 찻잎을 센 불에 볶아서 만든 고소한 차.

이곳의 여름은 기본적으로 선선하기 때문에 일단 집에 에어컨이 없다.

전철과 버스, 트램에도 없는 것이 당연하다.

어쩌다 에어컨을 튼 것을 타면 행운일 정도다.

습도가 낮아서 일본과 같은 불쾌감을 느끼지는 않지만, 그래도 낮에 직사광선 아래에서 걷는 건 꽤 힘들다.

우리 집에는 선풍기도 없고.

너무 더워서 물에 적신 수건을 냉장고에 뒀다가 차가워지면 목이나 머리에 두른다.

늘 차가운 것을 준비해두기 위해 나와 펭귄 각각 두 장씩, 총 네 장의 젖은 수건을 활용 중이다.

나머지는 수박을 먹고 부지런히 몸을 식히는 정도다.

하지만 지금 가장 입맛 당기는 음식은 냉라멘인데.

오늘은 리투아니아에서 배운 핑크 수프를 만들었다.

차가운 비트 수프라고도 하는데, 리투아니아뿐만 아니라 라트비아에서도 자주 먹는 여름철 정석 수프다.

요구르트나 사워크림에 잘게 다진 비트를 넣기만 하면 아주 귀여운 분홍색으로 변한다.

그러고 나서 잘게 썬 오이와 딜을 섞는다.

그 위에 삶은 달걀을 올리면 완성이다.

불을 쓰지 않고 만들 수 있어서 무척 편하다.

이번에는 마트에 생비트가 있기에 그것을 오븐으로 쪄서 사용했는데, 생비트가 없으면 조리한 상태로 팩에 넣어 파는 것을 써도 된다.

그저 섞기만 해도 이렇게 귀여운 분홍색이 되다니, 정말 마법 같다.

뱌뱌뱌뱌뱌 숲

일요일에 열리는 벼룩시장에 갔다가 어느 할머니가 팔고 있는 꽃다발을 본 순간,

'그러고 보니 오봉*이네. 심지어 아버지 돌아가시고 처음 맞는 오봉이잖아'

하고 깨닫고 꽃다발을 사 왔다.

아마 할머니의 정원에 핀 꽃을 따서, 하나하나 모아가지고 꽃다발로 만든 거겠지.

이런 꽃이 제일 좋다.

돌이켜보면 엄마도 이런 꽃을 가장 좋아했다.

사람을 상대할 때면 금세 감정적으로 변하는 다소 성가

* 조상의 영혼을 기리는 일본의 큰 명절. 옛날에는 음력 7월 15일에 치렀지만 현대에는 양력 8월 15일을 중심으로 치르는 경우가 많다.

신 성격이었지만, 식물의 목소리에는 열심히 귀를 기울였다.

초등학생 때 자주 마당의 꽃을 꺾어서 신문지로 감싸 교실 장식용으로 손에 쥐여줬는데.

내 작업실의 기도 코너에 할머니한테 산 꽃다발을 장식해두고 오봉을 맞이했다.

꽃을 볼 때마다 아름답구나, 하고 한숨을 내쉰다.

부모님은 내 옆에 와주셨을까?

딱히 신기한 일은 일어나지 않았지만.

올여름 가장 더운 날에 사우나에 다녀왔다.

그곳은 일본의 노천 온천이 연상되는, 넓은 정원이 있는 개방적인 사우나인데 여자와 남자가 함께 알몸으로 들어간다.

풀장도 있어서(물론 알몸) 기분 좋았다.

사우나 → 풀장 → 독서 → 낮잠 → 사우나 → 풀장 → 독서 → 낮잠 → 사우나 → 풀장 → 독서 → 낮잠.

이것을 몇 번 반복하다 보니 눈 깜짝할 사이에 해가 져서 허둥지둥 집으로 돌아왔다.

알몸으로 독서, 알몸으로 와인, 알몸으로 일광욕, 알몸으로 풀장. 여기를 보나 저기를 보나 알몸, 알몸, 알몸, 알몸.

그야말로 세계 나체족의 날이었다.

내 생각에 독일인은 여자와 남자의 성차가 없는 것 같다.

그래서 오히려 여자라고 우대받는 일도 없이 남녀가 똑같다.

독일에서는 전철 안 성추행도 있을 수 없는 일이라고 들은 적이 있다.

여자가 강하기 때문에 그런 짓을 한 날에는 엄청난 역습이 기다리고 있다고.

여자 의사 비율도 높고 아빠가 육아를 하는 것도 당연시하는 분위기다.

그에 비해 일본은 아직도 남존여비 풍조가 있구나 싶어서, 요즈음 일본 신문을 보며 깊은 한숨을 쉬었다.

게다가 동성애자에 대한 일부 정치인의 인식도 심각하다.

정치인의 어처구니없는 폭언이 너무나 잦은 나머지 '아, 또다' 하며 익숙해지는 내가 무섭다.

실은 화를 내야 하지만 이렇게 더워서야 분노할 기력도 없을 테지.

아무리 그래도 생산성 운운하는 발언*에는 놀랐다.

그런 터무니없는 발언을 들을 때마다 어째서 이 사람이

정치인으로 뽑힌 건지 이상하다는 생각이 든다.

국가를 대표하는 정치인의 그런 발언을 들으면, 자신의 성 정체성에 대해 고민 중인 청소년들이 어떻게 느끼리라고 생각하는 걸까.

게다가 아이를 낳는 것을 생산성이라고 한다면 아이를 낳지 않은 나도 생산성이 없는 셈이다.

남의 삶에 일일이 참견하지 말았으면 한다.

모든 사람에게, 모든 생명에 저마다의 역할이 있다.

나는 내일 폴란드에 간다.

친구와 가기 때문에 펭귄은 집을 본다.

목적지는 벨라루스와 폴란드의 국경에 있는 뱌뱌뱌뱌뱌 숲.

실은 정식 명칭이 있지만 어려워서 외울 수가 없다.

내일은 우선 육로로 바르샤바에 간다.

베를린에서 폴란드 국경까지는 금방이라서 더 쉽게 갈 수 있을 줄 알았는데, 환승 없이 가장 빠른 열차를 타도 여섯 시간쯤 걸린다.

- 일본의 유명 정치인 스가타 미오가 "LGBT는 생산성이 없다"라고 잡지 《신초新潮45》의 기고문에 쓴 것. 이 글이 문제가 되어 해당 잡지는 휴간(사실상 폐간)되었다.

153

그리고 내일모레는 바르샤바에서 버스를 타고 네 시간 반을 더 간다.

숲 근처 호텔에서 이틀간 묵은 뒤, 다시 같은 코스로 돌아와 바르샤바에서 하룻밤 자고 베를린으로 돌아오는 여정이다.

돌아올 무렵에는 여름도 끝나 가을바람이 불고 있겠지.

올해는 여름이 길어서 빛을 잔뜩 저장해둘 수 있었다.

원 시 림

내가 다녀온 곳은 뱌뱌뱌뱌뱌 숲이 아니라, 정확히 말하면 비아워비에자 숲*이다.

그런데 이름이 어려워서 좀처럼 안 외워진다.

숲은 무척 아름다웠다.

우리는 아침 8시에 출발해 총 네 시간 걸리는 코스를 선택했는데, 공기까지 초록색으로 물든 듯 보여서 호흡할 때마다 행복감에 휩싸였다.

고요함과 생물들의 기적, 빛, 물방울, 흙 내음.

역시 숲은 최고다.

얼마 전 독일에서 베스트셀러가 된 『나무 수업』**이라

• 희귀 야생 동식물이 서식하는 유럽 최대의 원시림.

는 책을 읽었는데, 그 책에는 나무들이 어떻게 서로 도우며 아기 나무를 키우는지 쓰여 있었다.

우리가 이해하지 못할 뿐, 나무들도 분명 말을 하고 서로에게 메시지를 보낸다.

하지만 사람이 인공적으로 숲을 조성하거나 손을 대면 그런 나무의 '본능'도 쇠퇴한다고 한다.

그러고 보니 독일에서는 가로수나 공원의 나무 한 그루 한 그루에 전부 번호를 붙여 꼼꼼하게 건강 상태를 체크한다고 들었다.

광합성도 그렇고, 나무는 우리에게 얼마나 많은 은혜를 베푸는지 모른다. 정말이지 더더욱 감사하며, 우리 인간이 최대한 은혜를 갚아나가야 한다고 생각했다.

그리고 그 책의 내용은 아니지만, 밤에 인공적인 빛으로 어둠을 환하게 밝히는 탓에 나무들이 잠이 부족해 피폐해졌다는 이야기를 들은 적이 있다.

분명 24시간 영업하는 편의점 근처의 나무는 수면 부족으로 인해 기분이 언짢고 컨디션이 나쁠 것이다.

나무는 스스로 걸을 수 없고, 고함을 치거나 비명을 질러 호소할 수도 없으니 인간이 그런 점을 알아줘야 한다.

●● 페터 볼레벤 지음, 장혜경 옮김, 위즈덤하우스, 2016.

비아워비에자 숲을 걸으며, 나는 전체가 이처럼 원시림으로 뒤덮여 있었을 지구의 본래 모습을 몇 번이나 상상했다.

원래는 전부 이랬지만 지금은 이 모습이 남아 있는 장소가 극히 일부에 불과하다.

인간이 땅에서 이끼를 걷어내고 나무를 베어 쓰러트리고 뿌리를 떼어낸 탓에 지구는 본연의 모습에서 점점 멀어지고 있다.

내가 지금 베를린에 있는 이유는 도시에 녹음이 많기 때문이다.

녹음이 많다는 것만으로도 이렇게 사람들의 마음속에 평온함이 생겨나는데.

그런 간단한 일조차 어려운 세상이 된 것이 슬프다.

올여름 전 세계의 비정상적인 더위는 지구가 보내는 경고일 것이다.

하지만 이미 충분하잖아?

이번에는 오랜만에 육로로 여행했다.

바르샤바 익스프레스라는 것은 이름뿐이고, 실은 엄청나게 느긋한 열차여서 웃음이 나왔다.

돌아오는 열차에서 식당 칸에 들러 한 사람당 한 잔씩 샴페인을 마시며 폴란드 돈을 남김없이 다 쓴 것도 기분 좋았다.

여름의 끝

펭귄은 베를린에서 담근 집 된장을 가지고 일본으로 돌아갔다.

아까 나리타 공항에 도착한 모양이다.

즐거운 여름이었다.

8월에는 매년 가는 영 유로 클래식에 더해 댄스 페스티벌에도 다녀왔다.

베를린의 대단한 점은 춤이 일상생활에 뿌리내리고 있다는 것이다.

댄스홀이 건재해서 프로도 아닌 일반인들이 아무렇지 않게 춤을 추고 있다.

마음의 여유와 시간적 여유가 둘 다 없으면 춤을 추는 건 불가능하다.

일본에도 봉오도리*와 아와오도리**가 있지만, 그건 경사스러운 날 추는 춤이지 평소에 추는 춤은 아니다.

생활 속에 춤이 있다는 건 무척 근사한 일이다.

그리고 춤을 추는 건 중요한 일이구나, 하고 최근 절실히 생각하게 되었다.

재미있을 듯한 몇몇 공연의 티켓을 사서 보러 갔는데, 요전 일요일에 본 현대무용은 그중에서도 훌륭했다.

오후 3시부터 시작하는 공연이었고 홀에 아이들도 많이 와 있어서, 시작 전에 '엇, 이거 혹시 어린이 대상 공연 아니야?' 하고 불안해했는데 완전히 기우였다.

출연하는 사람들의 훌륭한 신체 능력이야 두말할 것도 없고, 그렇다고 해서 여봐란 듯 기술을 과시하는 게 아니라 조명을 아름답게 쓰거나 최신 기술을 사용한 영상과 컬래버레이션을 하는 등 여하튼 환상의 세계를 헤매는 것 같아서 완전히 반해버렸다.

아름다운 동시에 발랄하기도 해서 아이부터 어른까지 즐길 수 있었다.

예술이란 모름지기 이래야 한다고 새삼 느꼈다.

* 오봉 날 밤 사람들이 모여 추는 춤.
** 일본 도쿠시마현의 민속춤. 이 지역에서 오봉 기간에 열리는 민속춤 축제의 이름이기도 하다.

그리고 이런 춤을 아이들에게도 제대로 보여주는 독일인은 대단하다고 생각했다.

이런 공연을 어릴 적부터 보고 자라면 감수성도 분명 길러질 것이다.

하지만 모든 공연이 이렇게 감동적이었던 것은 아니다.

창작자의 의도를 이해할 수 없거나 너무 지루한 나머지 도중에 집에 가고 싶어지는(실제로 중간 휴식 시간에 집에 갔다) 공연도 물론 있다.

그중에서도 내가 가장 혐오하는 건 관객을 평가하는 듯한, '모르는 건 당신의 이해력이 부족하기 때문입니다'라는 식의 거만한 시선을 가진 예술이다.

해석을 읽지 않으면 이해가 안 되는 예술은 별로 좋아하지 않는다.

예술이니까, 보자마자 직관적으로 감동할 수 있는 것이 대전제라고 생각한다.

그리고 아티스트에게 미의식이 없는 것 또한 치명적인 듯하다.

베를린은 예술에 대해서는 정말로 품이 넓고 관대하지만, 가끔 '이것도 예술이야?' 싶은 작품이 있는 것도 사실이다.

음악에서는 루마니아 오케스트라의 연주가 정말 좋았다.

예전에도 루마니아 오케스트라의 연주를 듣고 감동한 적이 있다.

정열적이고 희로애락이 분명하며, 너무 난해하지 않은 선곡으로 결코 기대를 저버리지 않는다.

나는 분명 루마니아 오케스트라를 이끄는 그 할아버지 지휘자를 좋아하는 거겠지.

앙코르곡으로 연주해준 쇼스타코비치의 〈재즈 오케스트라를 위한 모음곡 제2번〉 중 '왈츠 2번'은 최고였다.

펭귄이 연주를 들으며 감동한 나머지 눈물을 흘렸을 정도다.

이번 여름에도 정말 많은 마음의 양식을 얻었다.

그리고 여름은 끝났다.

마음의 대문을 서서히 닫고, 양식을 꼭꼭 씹어 소화시켜야지.

얼마 전까지만 해도 30도가 넘는 무더운 날씨였는데 갑자기 바람이 서늘해졌다.

며칠 전 라디에이터의 파이프를 만져봤더니 벌써 따뜻했다.

슬슬 겨울을 대비할 시기다.

유리네의 온기가 고맙게 느껴진다.

펭귄이 떠난 집이 나와 유리네에게는 너무 넓어서 휑하다.

일요일 아침에

그 갤러리 앞을 지날 때마다 예쁘구나, 하며 한숨을 내쉬었다.

마치 비눗방울을 순식간에 굳혀놓은 듯한 작품.

단순하고 아름답다.

그 무지갯빛 표면으로 세상을 비춘다.

집에 두면 멋질 텐데, 매일 이 아이를 볼 수 있다면 인생이 풍요로워질 텐데, 하며 망설이기를 몇 달.

드디어 집에 들일 결심을 하고 사 왔다.

값비싼 보석이나 브랜드 가방 같은 건 나의 심금을 울리지 않지만 이런 작품에는 반하고 만다.

현관에 들어서자마자 보이는 책상 위에 놓아뒀다.

나에게 그곳은 소소한 제단 같은 장소다.

작품은 아주 얇은 유리로 만들어져 있다.

제작한 사람은 독일 디자이너인 크리스티안 메츠너.

큰 아이도 작은 아이도 있었지만 나한테는 이 크기가 가장 좋았다.

폭은 내가 두 손을 앞으로 뻗었을 때의 너비 정도 된다.

부디 펭귄이 깨지 않기를!

오늘 아침에는 이른 시간에 유리네를 데리고 산책을 나갔다.

일요일 아침은 평소와 달리 고요하다.

나뭇잎 색깔이 상당히 짙어졌다.

아침저녁으로 추워서 오늘은 얇은 장갑이 있었으면 했을 정도다.

나는 완벽하게 맑은 하늘보다 오늘처럼 쓸쓸함이 살짝 감도는 하늘을 좋아하기 때문에, 실은 여름이 끝난 것에 안도하고 있다.

날씨가 선선해서 유리네도 오랜만에 충분히 산책할 수 있었다.

이런 날씨라면 언제까지라도, 어디까지라도 걸어갈 수 있을 것 같다.

숲 산책도 한동안 쉬었으니 다음 주말에는 가보려 한다.

터벅터벅 걷다 보니 웬 아저씨가 우체통을 걸레로 닦고 있었다.

아주 열심히, 소중하게 닦는 그 모습이 인상적이어서 물끄러미 바라보자 "좋은 아침!" 하고 나에게 인사를 건넸다.

그렇구나, 모두가 쉬는 일요일 아침에 이렇게 우리를 위해 일하는 사람이 있구나.

아저씨는 의무적인 일을 하는 기색 하나 없이, 정성을 가득 담아 우체통을 깨끗하게 닦고 있었다. 그 마음은 분명 길을 지나는 사람들에게 전해질 거라고 생각했다.

오늘은 친구 집에서 바자회가 열려서 이제 그것을 도와주러 간다.

친구가 열심히 일해서 번 돈으로 모은, 무척 소중히 여기던 물건이니 최대한 헛되지 않게 새 주인을 찾아주고 싶다.

포옹이란

갑자기 쌀쌀해진 탓인지 배탈이 심하게 났다.

어젯밤 혼자 샤부샤부를 해 먹으며 기분 좋았던 것도 잠시, 점점 배가 욱신거리기 시작했다.

유리네도 나도 위장은 튼튼한 편이라서 배탈이 나는 일은 드물었는데.

최저기온을 확인했을 때 11도였으니 역시 추웠던 걸까.

조심해야겠다.

한밤중에 가위에 눌려 의식이 몽롱한 가운데 끓여둔 물로 한방약을 먹고, 배에 핫팩을 붙이고 잤다.

지금은 벌써 거의 괜찮아졌다.

어제 집 어딘가에 분명히 있는 잠옷을 못 찾았다. 잘 준비해둬야 하는데.

슬슬 보온 물주머니도 필요해질 것 같다.

지난 주말에는 쌓여 있던 NHK 특집 녹화분을 보고 기분이 울적해졌다.

첫 번째 특집은 제2차 세계대전 당시의 731 부대*에 관한 것이었다.

정말로 심한 짓을 했다. 히틀러의 만행과 전혀 다르지 않다.

이를테면 티푸스균을 넣은 재료로 만든 찐빵을 중국인에게 먹여 인체 실험을 한다거나.

그 일에 관여한 병사의 인터뷰가 있었는데, 그가 하는 말이 아주 흥미로웠다.

그는 그런 일을 당하는 중국인이 불쌍하다고 말하면 그야말로 비非국민** 취급을 당하는 분위기가 있었다고 했다.

그렇다, 분위기.

분위기가 무서운 것이다.

말로 표현할 수 없는 분위기. 동조하라는 압력.

* 제2차 세계대전 당시 중국 하얼빈에 주둔했던 일본 부대. 전쟁 포로 및 기타 구속된 사람을 대상으로 세균 실험과 약물 실험 등을 자행했다.
** 일제강점기에 '황국 신민'으로서의 본분과 의무를 지키지 않는 사람을 통치 계급의 관점에서 이르던 말.

아무것도 변하지 않은 걸까.

두 번째로 본 것은 인구 피라미드 형태가 '관棺형'이라는, 세계에서도 보기 드문 일본 초고령화 사회의 현실을 다룬 특집이었다.

이미 노인이 노인을 돌봐야 하는 상황이다.

최근 몇 년 동안 노인 노동인구가 엄청나게 증가하고 있다고 한다.

외국인의 힘을 빌리지 않으면 사회가 안 굴러가는데, 그럼에도 일본은 여전히 외국인에 대해 좁은 문을 고수하고 있다.

한편 베트남 사람들은 전 세계에서 환영받는다.

근면하고 온화해서 다른 사회에 잘 섞여 뿌리를 내리는 건지도 모른다.

베를린에도 베트남 사람이 많은데, 확실히 아주 잘 해나가는 것 같다.

예전에는 많은 베트남 사람들이 일본에 오고 싶어 했지만, 요즘은 그 흐름이 조금 바뀌어 타이완으로 가는 사람들이 늘어나고 있다고 한다.

문호를 너무 닫아두면 머지않아 "오세요" 하며 문을 열어도 아무도 오지 않는 게 아닐까, 걱정이 되었다.

일본인에게 구타당했다는 외국인의 증언도 참담했다.

그리고 세 번째로 본 것이 인공지능의 진화에 대한 특집
이었다.

엄청난 일이 벌어지고 있다.

무서운 점은 어째서 인공지능이 그런 결론에 이르렀는
지, 그것을 인간이 이해하지 못하는 영역으로 이미 들어와
있다는 것이다.

한국에는 인공지능을 정치에 활용하려는 움직임도 있다
고 한다.

전쟁에도 이미 인공지능이 쓰이고 있다 하고.

사람의 손을 전혀 더럽히지 않고, 아무런 심적 고통이나
신체적 아픔을 느끼지 않으며 상대를 상처 입히다니, 상상
만 해도 오싹하다.

물론 인공지능에는 좋은 면도 많겠지만.

다른 이야기지만 요즘 어렵다고 느끼는 것이 포옹이다.

유럽에서 생활하다 보면 이 문제에 직면한다.

누구와 포옹을 하고 누구와 하지 않는가, 그 선을 정하
는 것이 너무 고민된다.

내가 보건대 이쪽 사람이라 해서 아무나와 포옹하는 건 아니다.

한편으로는 어제 만났던 사람과 오늘 또 만났는데도 다시 반갑게 포옹하는 광경도 본다.

만날 때도 포옹, 헤어질 때도 역시 포옹이다.

나는 일본인이니까 기본적으로는 말로 하는 인사로 충분하다고 생각하지만.

일부러 몸을 기대며 인사를 나누지 않아도, 일본의 인사말은 그때그때의 기분에 따라 미묘하게 바꿀 수 있다. 그 행위만으로 마음을 전할 수 있는 일본인은 멋지다고 생각한다.

독일인은 처음 만났을 때는 대체로 악수를 한다.

이것은 꽤 편리한데, '이제부터 사이좋게 지냅시다. 나는 당신에게 적대심이 없어요' 하는 의사표현 같은 느낌이 든다.

어려운 건 관계가 진척된 이후인데, 으음, 언제부터 포옹을 하면 좋을지 모르겠다.

아무리 친해져도 상대가 일본인이라면 나는 기본적으로 포옹을 하지 않는다.

또 한때 친밀했지만 시간이 지나 조금 어색해진 경우 등 때와 장소에 따라 했다가 말았다가 하는 것도 왠지 이상한 것 같다.

게다가 내게는 포옹을 특별한 감정 표현으로서 아껴두고 싶은 마음이 있다.

가령 상대에게 엄청나게 좋은 일이 생겨서 축하하는 마음을 전하고 싶을 때.

혹은 엄청나게 슬픈 일이 생겨서 말로는 도무지 위로할 수 없을 때.

그럴 때는 나도 상대를 꼭 껴안아준다.

하지만 평소 인사로 포옹을 해버리면 정작 특별하게 상대를 껴안아주고 싶을 때는 어떻게 하면 좋은 걸까, 하는 생각이 든다.

일본에서는 장대비에 무더위에 지진에, 갖가지 일들이 잇달아 일어나고 있다.

그나저나 지난번에 신문에 실린 건축가 반 시게루 씨의 인터뷰는 무척 좋았다.

시게루 씨는 재해 지역을 방문해 이재민들의 피난 생활을 돕는 일을 하고 계신다.

돈을 받고 하는 일이든 봉사활동으로 하는 일이든, 기본적으로 질은 똑같다고 말씀하신 것이 인상적이었다.

남들이 뭐라고 말하든 봉사활동을 하는 편이 좋다고 말씀하셨는데, 나도 완전히 동감이다.

재해를 입은 분들이 한시라도 빨리 일상생활을 되찾기를.

그것이야말로 지금은 포옹으로밖에 표현할 수 없는 심정이다.

사 과 케 이 크

오늘은 점심때 손님이 집에 온다.

지인의 딸이 2주쯤 전부터 베를린에서 지내고 있는 모양인데, 모처럼 같은 도시에 있으니 일요일 점심을 함께 먹자고 초대했다.

그 아이의 부모님과는 몇 번인가 만났지만 본인을 만나는 건 처음이다.

메일에는 환경 공부를 하기 위해 베를린에 왔다고 쓰여 있었다.

세계의 수많은 도시 가운데 베를린을 선택했다는 것만으로 왠지 나까지 무척 기쁘다.

'이런 큰 뜻을 품은 젊은이를 작은 힘으로나마 응원하고 싶다!' 하고 생각했다.

그리하여 일요일 아침인 오늘, 사과 케이크를 굽고 있다.

아무래도 어제부터 본격적인 가을로 접어든 듯, 날씨가 쌀쌀해지니 갑자기 밀가루를 반죽해서 구운 간식이 당긴다.

냉장고 속을 살펴봤더니 마침 달걀이 두 개 남아 있고 사과도 있어서 소박한 사과 케이크를 만들기로 했다.

지금 오븐으로 굽는 중이다.

어제 유리네와 조금 멀리까지 가보려고 트램을 기다리다가 Y 씨와 딱 마주쳤다.

아니, 딱 마주쳤다기보다 드디어 만난 것이다.

매년 여름이면 만났던 한국계 독일인이다.

일본에도 한번 놀러 온 적이 있어서 함께 밥을 먹었던가.

한동네에 살고 있으니 신경은 계속 쓰였지만, 어쩐지 몸 상태가 좋아 보이지는 않아서 굳이 적극적으로 연락하지 않았다.

그보다는 분명 언젠가 어딘가에서 만나지겠지, 그게 가장 좋을 거야, 하고 생각했다.

그는 사업에서는 아주 성공했다.

하지만 다른 한편으로 엄청난 스트레스를 껴안고 있었다.

어제 딱 마주쳤을 때, 그는 자전거를 끌면서 개를 데리고 걷고 있었다.

우리는 포옹을 하며 재회를 반가워했다.

역시 작년에는 몸이 안 좋아서 반년 동안 치료에 전념했다고 말했다.

드디어 집으로 돌아왔다 한다.

얼굴에는 지난했던 시간의 흔적이 아직 조금 남아 있었지만 후련해 보였다.

이제 사업과는 연을 딱 끊었단다.

인생의 새로운 문이 열린 거겠지.

그런 타이밍에 만난 것이 왠지 의미심장하게 느껴졌다.

게다가 지금 어떤 소설을 쓰고 있느냐고 묻기에 내용을 대충 이야기해줬더니, 그에 관해 아주 흥미진진한 경험담을 들려줬다.

정말 깜짝 놀랐다.

둘 다 하얀 개를 키우고, 외모가 딱 보기에도 아시아인이며, 한동네에 살기 때문에 뭔가 아주 깊은 인연을 느낄 수밖에 없다.

여하튼 웃고 있는 그를 만난 것이 기뻤다.

오늘은 어떤 아가씨가 찾아올까, 기대된다.

방금 전에 사과 케이크가 완성되었다.

겉보기에는 꽤 그럴싸한데.

맛은 어떨까?

이것만큼은 먹어보지 않으면 알 수 없다.

거 절 하 는 힘

주말에 하룻밤 묵는 일정으로 파리에 다녀왔다.

애쓰면 당일치기도 가능할 듯했지만 뭐, 하룻밤 정도는 묵어도 괜찮겠지 싶었다.

이번에는 평소 하지 않는 것을 해보자는 생각으로, 샤를 드골 공항에서 나올 때도 들어갈 때도 버스를 타봤다.

그리고 오르세 미술관에 갔다.

파리에는 몇 번이나 가봤지만 오르세 미술관은 처음이 었다.

분명 몇 년 전에 리모델링을 했지?

인상파 작품을 중심으로 거장들의 작품이 한자리에 모 여 있었다.

꽤 오래전 루브르 박물관에 한 번 갔는데, 작품이 너무 많아서 기진맥진했던 기억이 난다.

규모 면에서도 나는 오르세 미술관이 더 좋다.

인상적이었던 것은 역시 로댕의 작품이었다.

로댕이 만들어낸 작품에는 인격이 있다.

그 전까지의 조각 작품과 명백히 다르게 느껴졌다.

하지만 더더욱 감동적이었던 것은 나란히 전시된 카미유 클로델의 작품이었다.

로댕의 작품에 인격이 있다면 카미유가 만들어낸 작품에는 감정이 있다.

로댕이 끊임없이 이상을 추구했던 것에 반해 카미유는 늘 현실을 직시했던 것이 아닐까 생각했다.

예를 들어 노파의 나체 작품은 크기는 작지만 늘어진 피부 같은 것이 정말로 소름 끼친다.

카미유의 작품을 보며 일본인 여성 관광객들이 "좀 무섭네"라고 한 것도 이해가 된다.

그나저나 다들 사진을 정말 많이 찍는다.

옛날에는 작품에 카메라를 갖다 대는 사람이 일본인뿐이었지만, 요즘은 모두가 스마트폰으로 사진을 찍는다.

작품을 보러 온 건지 사진을 찍으러 온 건지 헷갈릴 정도다.

과연 그렇게 찍은 사진을 훗날 다시 보며 감동에 젖을

사람이 얼마나 될까, 하고 심술궂은 생각을 했다.

모두가 사진을 찍으려 하는 탓에 명화 앞은 엄청나게 혼잡했다.

나는 아주 좋아하는 작품이 아니면 사진으로 남기지 않는다.

이것저것 찍어봤자 결국은 삭제해버리는걸.

밤에 기대하며 찾아간, 일본인 셰프가 운영하는 식당의 아시아 요리는 개인적으로는 그저 그랬다.

분명 아직 어린 거겠지.

모든 요리가 기름져서 쉴 틈이 없다.

낮에도 프랑스 요리를 먹었더니 완전히 질려서, 다음 날 점심때는 어떻게든 우동을 먹고 싶었다.

나는 버터를 많이 넣는 프랑스 요리를 해가 갈수록 받아들이지 못하게 되었다.

우동 가게 앞에는 긴 줄이 생겨 있었다.

지갑 사정을 신경 쓰면서도 '에라, 모르겠다!' 하고 튀김 우동을 주문했다.

일본이었다면 생각지도 못할 고급 우동이었지만 뭐, 타국 땅이기도 하고 아무래도 국물을 맘껏 마시고 싶었으니 어쩔 수 없다.

우동을 만끽한 뒤에는 근처 카페에 가서 프랑스 빵 쿠페를 실컷 먹었다.

이건 아주 좋은 선택이었다.

딸기와 복숭아 중에 고를 수 있다고 해서 순간적으로 딸기라고 대답했는데, 먹으면서 역시 복숭아로 할 것을 그랬다며 후회했다.

이런 순간적인 판단에 나는 약하다.

언제나 후회한다.

그나저나 슬프다. 너무 슬프다.

만화가 사쿠라 모모코 씨에 이어 배우 키키 키린 씨도 세상을 떠났다.

두 분 다 몹시 좋아했지만, 특히 키키 씨는 정말 진심으로 존경했다.

생사관까지 포함해 그분의 삶 자체가 걸출했다.

멋있고, 독자적인 심미안과 철학과 유머를 겸비했으며, 하고 싶은 말은 분명하게 했고, 아무리 힘든 국면도 가볍게 몸을 젖혀 피하는 경쾌함이 있었다.

고인의 명복을 빕니다.

며칠 전에는 키키 씨를 그리워하며 그분이 출연한 다큐멘터리 등을 보면서 시간을 보냈다.

재미있었던 대목은 이세시市의 우동 가게에 갔을 때 그 가게 사람이 키키 씨가 입어줬으면 한다며 핫피* 같은 옷을 선물하려 하자, 키키 씨가 완강하게 사양하면서 절대로 받지 않던 장면이다.

그때 키키 씨도 말씀하셨지만 그런 건 받는 편이 간단하다.

하지만 집에 가져다 둔다 해도 그 물건이 쓰이지 않을 테니, 더 진심으로 기뻐하며 사용해줄 사람에게 가는 편이 그 물건에도 좋은 일이라고.

키키 씨가 말한 그 이유가 진심으로 납득되었다.

거절하는 건 엄청나게 어렵다.

그 상황을 무마하려면 받아버리는 쪽이 훨씬 편하다.

키키 씨의 거절하는 힘은 훌륭했다.

거절이라 하면, 내 경우 기본적으로 작업 의뢰는 출판사의 담당 편집자를 통해 받지만 간혹 직접 의뢰가 올 때도 있다.

그 가운데 최근 메일로 받은 두 가지 의뢰가 있는데, 둘 다 틀린 부분이 있었다.

첫 번째 메일에는 나의 책 제목이 『츠바키 문구점』이 아니라 『츠바키 문방구점』이라고 쓰여 있었고, 두 번째 메일

---

* 짧은 가운처럼 생긴 일본의 전통 의상.

에는 내 이름이 중간부터 '오야마 씨'라고 되어 있었다.

뭐, 상관없다.

나는 딱히 그런 일로 화를 내지 않고, 그 정도 실수는 누구나 한다.

하지만 일을 의뢰받을 때라면 이야기가 다르다. 틀려도 별로 상관없지만 그 일을 수락하고픈 마음은 들지 않는다.

그래서 단호하게 거절했다.

아마 상대는 내가 어째서 거절했는지 모를 테지만.

메일이라서 그렇겠지.

간단히 보낼 수 있다. 하지만 실수도 저지르기 쉽다.

그러니 중요한 메일이라면 몇 번씩 다시 읽어봐야겠지.

한번 보낸 메일을 흔적 없이 회수할 수 있는 기술이 개발된다면, 분명 그 기술을 사용하려는 사람이 많을 것이다.

나도 키키 씨처럼 더욱 세련되게 거절할 수 있는 사람이 되고 싶다.

가을이 나날이 깊어진다.

2주 뒤면 드디어 일본에 간다.

관광객이 된 기분으로 일본을 마음껏 즐겨야지.

청 소 도 구

DIM에 다녀왔다.

시각장애가 있는 분들이 수작업으로 만든 제품을 파는 가게인데, 주로 진열되어 있는 것은 솔 종류다.

나 역시 평소에도 이곳의 청소 도구를 애용한다.

오늘은 일본에 가져갈 선물을 사러 왔다.

뭐가 좋을까 고민하다가 문득 생각이 난 것이 DIM이었다.

독일은 청소 도구가 알차게 갖춰져 있다.

특히 좁은 배관을 깨끗하게 닦는 용도의 솔이 일품이라서, 지난번에 일본에서 오신 손님께도 이 배관 청소용 솔을 선물했더니 아주 기뻐하셨다.

일본에서는 청소 솔 대신 칫솔을 썼지만 독일의 이 솔이 가려운 곳을 훨씬 더 잘 긁어준다.

둥근 솔은 채소를 씻거나 냄비와 프라이팬을 닦을 때 쓴다.

또 커다란 칫솔처럼 생긴 솔도 활용도가 아주 높은데, 가느다란 금속 섬유가 여러 다발로 뭉쳐져 있어서 수도 뒤편이라든가 부엌과 욕실을 청소하기에 최고로 좋다.

청소 도구가 잘 갖춰져 있으니 청소하는 게 즐거워진다.

독일인은 정말로 도구를 좋아한다.

가게 안에는 카페도 있어서 카푸치노와 초콜릿 케이크를 주문해 잠깐 쉬면서 수많은 솔 종류에 대해 생각했다.

이곳은 나의 휴식처다.

일본에서 온 손님에게는 꼭 한번 가보시라고 추천한다.

그 밖에도 공책과 앨범 등의 종이 제품과 인형, 목제 장난감 등이 진열되어 있다.

게다가 가격이 아주 양심적이다.

지금 『구하라, 바다에 빠지지 말라』*를 읽고 있다.

저자는 리처드 로이드 패리, 일본에 온 지 20년 된 영국인 기자다.

아주 훌륭한 책이다.

●   조영 옮김, 알마, 2019.

아직 읽는 도중이지만 얼른 뒷부분을 읽고 싶어서 못 견디겠다.

동일본 대지진 당시 어린이 일흔네 명과 교직원 열 명이 사망한 이시노마키 시립 오카와 초등학교의 비극이 왜 일어났는가에 초점을 맞춘 책이다.

첫머리에 등장하는 '지사토'의 에피소드부터 책 속으로 빨려 들어갔다.

지사토는 오카와 초등학교를 다니던 당시 열한 살 난 소녀였는데, 지진이 발생하기 몇 주 전 한밤중에 갑자기 눈을 뜨더니 "학교가 사라졌어요" 하며 흐느껴 울었다고 한다.

지사토는 원래 육감이 상당히 발달한 아이였다.

하지만 그 전까지 흐느껴 울었던 적은 없었다고 한다.

왜 학교가 없어졌냐고 엄마가 묻자 "큰 지진이 났어"라고 대답했다 한다.

지사토도 그 쓰나미로 목숨을 잃은 일흔네 명의 아이 중 하나다.

책을 읽기 전까지 몰랐는데, 당시 지진으로 목숨을 잃은 아이들 가운데 학교에 있다가 죽은 아이는 총 일흔다섯 명이라고 한다.

요컨대 피난했지만 쓰나미에 휩쓸린 중학생 남자아이 한 명을 제외하면, 나머지는 전부 오카와 초등학교에서 희

생된 어린이들인 셈이다.

뒤집어 말하자면 다른 학교에 있었던 아이들은 대부분 살아남았다는 뜻이다.

지진이 잦은 일본에서는 학교를 매우 튼튼하게 짓기 때문에 지진의 진동에 의한 피해자는 나오지 않았다.

그리고 그 뒤 적절히 피난만 이루어졌다면 학교는 매우 안전한 장소였을 것이기에, 오카와 초등학교에서 일어난 일은 이례적이었다고 말할 수 있다.

저자는 이 점에 주목했다.

지사토의 엄마를 비롯한 모두가 학교에서 돌아오지 않는 딸과 아들을 걱정하고 있었다.

하지만 오카와 초등학교로 피난한 지역 주민과 아이들 200명이 학교 옥상에서 따로 구조를 기다리는 중이라는 정보가 어디선가 날아들었기 때문에, 한시라도 빨리 만나고 싶은 마음은 있었지만 생명을 잃는 사태까지 이르렀으리라고는 상상하지 못했다.

그분들의 낙담은 헤아릴 수 없을 것이다.

그리고 희망에서 180도 바뀐 심정으로 딸과 아들의 유체를 찾는 나날이 시작되었다.

저자는 정말로 정성껏 취재를 거듭해 책을 집필했다.

외국인의 시선이기에 특히 냉정하고 객관적이기도 해

서, 거기로 진실이 떠오른다.

오카와 초등학교의 비극이 왜 일어났는지를 탐색하는 과정과 함께 책에는 여러 '넋'들도 등장한다.

어떤 남자는 지진이 일어나고 얼마 뒤 가족과 함께 재해 현장을 '견학'하러 갔다.

그 전에 그는 즐겁게 쇼핑을 했고, 피해 현장에서는 아이스크림을 한 손에 들고 돌아다녔다 한다.

그리고 그는 귀신에 씌었다.

비슷한 이야기가 그 외에도 있다.

그렇게 많은 사람이 한꺼번에 고통스러운 죽음을 맞았으니 그런 일이 일어나는 것도 당연하겠지.

지진이 일어난 날 개인적인 용건으로 학교를 떠나 있던 오카와 초등학교 교장은 참사 당일로부터 며칠이나 지난 뒤에 현장에 모습을 드러냈다.

보호자들이 필사적으로 자식의 시신을 찾아다니는 와중에 그가 취한 행동에도 의문이 든다.

마지막까지 다 읽지 못해서 그 비참한 '인재'의 원인이 무엇인지 나는 아직 모르지만, 거기에는 분명 일본 특유의 '무언가'가 있으리라 예상한다.

외국인의 눈으로 이렇게까지 공들여 그 지진을 돌아봐 준 점에도 경의를 표하고 싶다.

그때 무슨 일이 일어난 것인지를 많은 외국인들에게도 알릴 좋은 기회가 되었다고 생각한다.

그 전에 읽은 요로 다케시 씨의 『반쯤 살아 있고, 반쯤 죽어 있다半分生きて、半分死んでいる』도 재미있었다.

요로 씨와는 지난달 베를린에서 잠깐 만났다.

그때도 DIM의 솔을 선물로 드렸다.

아, 가을이 깊어지는구나.

오늘은 일요일이라서 이제부터 건포도 쿠키 샌드를 만들 예정입니다.

장소가 바뀌면

카페에 들어가 문득 고개를 들었을 때 꽃병에 꽂힌 꽃이 눈에 들어왔다.

순간적으로 '무슨 꽃이더라?' 생각하다가 퍼뜩 떠올랐다.

국화였다.

국화는 불단이나 묘지에 바치는 꽃이라고 일방적으로 단정해왔는데, '그렇구나, 이렇게 장식할 수도 있구나' 하고 감탄했다.

색안경을 끼고 보는 건 무서운 일이다.

국화를 보면 반사적으로 선향 냄새가 풍길 것 같지만, 그 또한 국화는 그런 이미지라고 내가 멋대로 정한 것일 뿐이다.

그렇게 보니 국화 역시 기품이 있는 동시에 요염하기도

했다.

어제는 일본의 현대미술가 다바이모 씨와 우리의 공통 친구 피짱을 만나 셋이서 티어하임에 다녀왔다.

티어하임은 독일 내에 여러 곳 있는 동물 보호시설(그 수가 무려 약 1천 곳!)인데, 그중에서도 베를린의 티어하임은 최대 규모를 자랑한다.

우리 집에서는 한 시간 정도 걸렸다.

우선 그 넓이와 청결함에 놀랐다.

콘크리트로 만들어진 모던한 건물로 부지 면적은 도쿄돔 세 개와 맞먹는다던가.

독일의 티어하임은 모두 기부로 꾸려나가며, 국가가 운영하는 것이 아닌 민간 시설이다.

먼저 견사부터 둘러봤는데 한 마리 한 마리가 실내와 야외를 자유롭게 드나들 수 있는 구조였고 바닥 난방시설도 갖추어져 있었다.

늙거나 알레르기 또는 질병이 있는 개도 극진히 보호받으며, 일본처럼 보호시설에 가자마자 살처분되는 일은 없다.

독일은 살처분율이 0퍼센트이고, 입양 희망자가 나타나지 않는 동물도 생명이 다할 때까지 티어하임에서 지낼 수 있다.

독일에는 개나 고양이를 진열해두고 판매하는 펫숍이

거의 없다.

동물을 키우고 싶다면 티어하임에 가서 찾거나 브리더에게 양도받는다.

한번 반려인에게 버림받은 개는 커다란 트라우마가 생겨서 사람을 좀처럼 따르지 않는다.

그래서 티어하임에서는 입양 희망자를 수월하게 찾을 수 있도록 훈련을 꼬박꼬박 시키고, 병에 걸린 개나 고양이는 치료해서 새로운 인연을 만나도록 최선을 다한다.

개와 마찬가지로 고양이들도 아주 좋은 환경에서 보호받고 있었다.

고양이 방도 대부분 개별실로, 실내와 바깥 공기를 마실 수 있는 테라스 양쪽을 오갈 수 있는 구조였다.

재미있는 것은 각각의 방에 의자가 놓여 있다는 점인데, 어떤 할아버지가 안으로 들어가 의자에 앉아서 고양이의 모습을 지켜보고 있었다.

궁합이 맞는지 살펴보는 걸까?

장난감도 각 방마다 놓여 있는 완벽한 환경이었다.

티어하임이 대단한 것은 파트너 제도를 도입했다는 점이다. 그 덕분에 설령 집에서 키울 여건이 안 되더라도 마음에 드는 동물의 후원자가 되어 후원할 수 있다.

돈은 다달이 내든 1년에 한 번 내든 상관없는 듯하고, 그 후원은 해당 동물이 새로운 반려인을 만난 뒤에도 계속된다고 한다.

그렇게 함으로써 새로운 반려인의 부담도 줄일 수 있다.

그중에는 후원자가 여러 명인 개와 고양이도 있는데, 방 앞에 후원자들의 이름이 하나하나 쓰여 있었다.

티어하임에는 개와 고양이뿐만 아니라 새, 소동물, 파충류, 동물실험에 쓰인 원숭이, 학대받던 가축 등 다양한 생명이 보호받고 있다.

동물에게도 행복하게 살 권리를 빠짐없이 보장해준다는 것이 정말 대단하게 느껴졌다.

일본에서는 아직까지도 살처분이 일어나고 있다.

확실히 예전보다 그 수는 줄었는지도 모른다.

하지만 '살처분율 제로'라는 슬로건만 부각되어 그저 숫자를 줄이는 것이 목표가 되었고, 그로 인해 동물 보호시설이 꽉 차서 기능이 마비되었다는 이야기도 들었다.

유기된 개와 고양이는 살처분을 피하더라도 열악한 환경에서의 삶을 강요당한다.

쉽사리 사고팔지 않는 것이 가장 좋은 해결책으로 이어진다고 생각하는 사람은 나뿐일까.

나는 유리네를 가족의 일원으로 맞이하기 전, 친구의 개 고로를 거의 매주 데려와서 함께 시간을 보냈다.

실제로 개를 키운다는 것이 어떤 일인지 배울 수 있었던, 정말 좋은 경험이었다.

그런 시스템이 마련되어 있다면 비참한 결말을 맞이하는 개와 고양이의 수를 조금은 줄일 수 있을지도 모른다.

개와 고양이도, 거북과 이구아나도, 가축 역시 우리와 마찬가지로 생명을 가진 존재라는 것.

그 사실을 가슴에 새기며 집으로 돌아왔다.

10월 18일

나노에 짱

야판*에 도착했다.

꽤 춥다. 베를린이 더 따뜻했다.

각오는 했지만 역시나 집이 난장판이다.

나한테 온 우편물이 산더미처럼 쌓여 있고 부엌은 카오
스 상태다.

그럴 만도 하지. 거의 1년 동안 집을 비웠는걸.

펭귄에게 잔소리를 해봤자 소용이 없으니 도착하자마자
부지런히 청소에 힘을 쏟았다.

먼저 부엌, 그리고 창문.

창문의 더러움에 신경 쓰게 된 것은 아마도 독일인의 영

* '일본Japan'을 독일식으로 발음한 것.

향일 터다.

독일 사람들은 창문을 엄청나게 번쩍번쩍 닦는다.

이것저것 까먹은 것도 많아서 어디에 뭘 넣어뒀는지, 쓰레기 분리수거는 어떻게 했었는지 얼른 떠오르지 않는다.

독일의 시스템과 정반대인 것도 있어서 머릿속이 혼란하다.

여러모로 놀랐지만 귀국하자마자 경악했던 건 냄비 장갑이다.

나의 짠순이 정신을 이어받아 펭귄이 박스 테이프로 보강해가며 임시변통으로 써온 모양인데, 역시 이제 보내줄 때라고 판단해 펭귄용으로 새 냄비 장갑을 찾아보기로 했다.

임시변통으로 말하자면 나노에 짱도 꽤 심각한 상태다.

나노에* 짱이란 우리 집 세탁기 이름인데 펭귄이 그렇게 부르고 있다. 이유는 뭐, 단순하지만.

여름이 시작되기 전부터 상태가 이상하다는 이야기를 들었고, 수리 기사가 방문해 봐주기도 했는데 새로운 세탁기를 사는 것 외에는 달리 선택지가 없다고 해서 일단은 펭귄이 조심조심 쓰고 있었다.

내 느낌상으로는 '아직 산 지 10년밖에 안 됐는데!'지만,

---

* 일본의 전자제품 브랜드 파나소닉이 보유한 기술명 '나노이nanoe'를 변형한 것으로 보인다.

곰곰 생각해보면 나노에 짱도 벌써 늙수레한 할머니가 되었는지도 모른다.

옛날 세탁기는 반영구적으로 쓸 수 있었던 것 같은데 말이지.

디지털식으로 바뀌며 수명이 꼬박꼬박 닳도록 설정된 건지도 모른다.

펭귄은 내가 없는 동안 나노에 짱에게 격려의 말을 건네기도 하며 상당히 노력한 모양이다.

빨래가 많으면 탈수가 제대로 안 되기 때문에 여러 번에 걸쳐 탈수하는 등, 나노에 짱의 컨디션을 이해하고 그에 맞춰 세탁을 해왔다.

나노에 짱도 상태가 좋을 때는 일을 잘하기 때문에 새로 사려는 마음을 좀처럼 먹지 못한 것 같다.

하지만 탈수할 때는 지척에서 제트기가 날아가는 듯한 굉음이 울리고, 탈수가 끝나도 물을 잔뜩 머금고 있어서 빨래가 무겁다.

"이제 됐어. 새로 사자. 몇 번이나 탈수를 다시 하니까 전기 요금이 더 나올 거야."

펭귄의 말에 따르면 나의 이 발언에 나노에 짱의 마음이 상한 듯, 수차례 시도해도 탈수를 안 하게 되었다.

"나노에 짱, 미안해."

펭귄은 그런 나노에 짱에게 손바닥을 대고 필사적으로 염원을 보냈다.

힘내, 나노에 할머니!!!

이번에 시차 적응 문제는 의외로 괜찮아서 안도하고 있다.

하지만 두 달 동안이나 유리네를 못 본다고 생각하면 쓸쓸하다.

유리네는 내가 일본으로 떠나기 전날부터 무언가 눈치챈 모양인지 기운 없이 축 처져 있었다.

밥도 토했고.

지금쯤 함께 홈스테이하는 친구 개들과 행복에 겨워 즐겁게 놀고 있으면 좋겠는데.

올해 집으로 온 연하장 실물을 드디어 훑어보고 대청소에 힘을 쏟는 등, 때늦은 설날 기분을 즐기고 있다.

이 심 전 심

이런 일은 자주 있지만 또 같은 일이 일어났다.

어제 있었던 일이다.

간다에서 인터뷰 하나를 마치고 돌아오는 길에, 거리를 걷다가 구수한 간장 냄새가 나서 봤더니 오시스시*집이 있었다.

'오늘 밤에는 이 가게의 초밥을 먹자!' 하는 생각이 번뜩 들어서 포장해달라고 했다.

내가 무척 좋아하는 굵은 김초밥 외에도 맛있다고 소문난 붕장어 김초밥과 펭귄이 좋아하는 박고지 김초밥, 거기다 유부초밥을 하나씩 더했다.

---

* 네모난 나무틀에 초밥용 밥을 담고 생선 등의 재료를 올린 뒤 손으로 눌러 밥과 재료를 밀착시켜서 먹는 초밥.

바로 근처에는 꽤 오래전에 가봤던 제과점도 있어서 거기서 디저트까지 사 들고, 가랑비가 내리는 가운데 서둘러 집으로 돌아왔다.

그런데 집에서 나를 기다리고 있던 것은 동네 초밥집의 굵은 김초밥.

놀랍게도 펭귄도 같은 생각으로 김초밥을 사 온 것이다.

게다가 거의 같은 시간에 샀다.

따로 쇼핑을 갔다가 같은 채소를 사 오는 식의 일이 꽤 자주 있다.

오래 함께 살다 보면 취향이 닮는 것인지도 모른다.

아니면 오늘은 이게 먹고 싶네, 하는 마음이 이심전심으로 통하는 것일 수도 있다.

그리하여 어제는 내가 사 온 김초밥을 먹고, 오늘 아침 밥으로는 펭귄이 사 온 김초밥을 먹어서 이틀 연속 김초밥의 날이 되었다.

뭐, 나는 김초밥을 아주 좋아하니까 어제, 오늘 연속으로 먹어도 전혀 싫지 않다.

그나저나 나노에 짱의 근무는 오늘이 마지막이다.

실은 지금도 덜그럭덜그럭 커다란 소리를 내며 돌고 있다.

하지만 마지막 남은 셔츠 두 장을 탈수하며 아무래도 심기가 불편한지 거의 한나절 동안 이것도 아니야, 저것도 아니야, 하며 투덜대고 있다.

펭귄은 나노에 짱이 금세 "삐, 삐" 하고 부르는 통에 곁을 떠나지 못한다.

나까지 완전히 감정이 이입되어서 오랜 세월 함께 살아온 할머니가 노망이 난 듯한 복잡한 심정이다.

아직까지 작동이 되긴 한다. 하지만 새것을 사야 한다. 그 점이 슬프다.

가능하면 다소 치료비가 들더라도 수리해서 계속 현역으로 일하게 해주고 싶었다.

하지만 이미 제조가 중단되어 부품이 없는 모양이다.

새로운 나노에 짱은 내일 온다.

낡은 나노에 짱은 분명 무언가를 알아차린 것인지도 모른다.

내가 일본으로 떠나기 전날 유리네가 무언가를 눈치채고 토했듯이.

동물에게도, 기계에도 마음이 있다고 생각한다.

"이렇게 투정을 부리는 것도 처음이네" 하고 펭귄이 아까부터 몇 번이나 투덜거리고 있다.

내가 집을 비운 사이, 서로를 격려하며 독특한 우정이

싹튼 모양이다.

나노에 짱, 정말 오랫동안(하지만 결코 긴 세월이 아니다) 고생 많았어!

호 수 세 자 매

귀국하자마자 2박 3일 일정으로 홋카이도에 다녀왔다.

일 때문에 간 것이긴 해도 상당히 여유로운 여행이었다.

마침 단풍이 절정이라서 오른쪽을 봐도 왼쪽을 봐도 아름다운 풍경에 마음이 치유되었다.

메만베쓰 공항에서 내려 자동차로 30분쯤 걸리는 아바시리로 향하는 느긋한 여정이었다.

요 몇 년 동안 호수와 인연이 있었다.

베를린에 호수가 많아서 친근해진 것도 있지만, 숲으로 둘러싸인 호수에는 역시 마음이 끌린다.

의도한 것도 아닌데 결과적으로 호숫가에 가게 된다.

그중에서도 추운 지방의 호수가 좋다.

이번 여행에서도 치미켑호, 굿샤로호, 마슈호까지 세 호수를 만날 수 있었다.

모든 호수가 고요하고 성스러웠다.

특히 마슈호는 안개로 유명한 듯 웬만해서는 전체를 볼 수 없는 모양이지만, 이번에는 충분히 모습을 드러내줬다.

안내해주신 택시 기사님이 "마슈호는 사람이 쉽게 다가오도록 허락하지 않아요. 그만한 힘이 있죠"라고 말씀하셨는데, 확실히 품격 있고 신비로웠으며 무조건적으로 합장하고 싶어지는 아름다움을 띠고 있었다.

어린 시절에는 풍광이 좋다는 말을 들어도 그게 뭔지 잘 몰랐다.

하지만 나이를 먹을수록 자연의 아름다움이 얼마나 귀한 것인지 실감한다.

자연 속에는 온갖 아름다움이 숨어 있다.

이번에 내가 본 호수 세 자매를 높은 곳에서 신의 눈으로 볼 수 있다면 얼마나 예쁠까.

이런 장대한 경치를 눈앞에 두면 호수와 산과 강을 신화에 등장시키는 마음이 깊이 이해된다.

여행 내내 엄마를 생각했다.

엄마한테도, 물론 아버지한테도 이 아름다운 풍경을 보여드리고 싶었다.

다른 이야기지만 시리아에 억류되어 있던 야스다 준페이 씨가 풀려나서 정말 다행이다.

3년이나 가혹한 생활을 강요받고, 때로 폭력을 당하며 인간의 존엄성을 빼앗기는 상황에서 용케 살아남았다고 생각한다.

그런 환경에서는 정신을 놓거나 스스로 죽음을 선택할 것 같지만, 그러지 않았던 건 본인에게 아주 강한 신념이 있었기 때문이겠지.

야스다 씨 같은 프리랜서 저널리스트가 진실을 전하고자 목숨 걸고 위험한 지역에 들어가 보도해주기 때문에, 우리는 지금 세계에서 무슨 일이 일어나는지 알 수 있다.

살아 돌아온 것은 정말 장한 일이다.

앞으로도 신념을 관철해 일에 매진해주셨으면 한다.

내일, 이번에는 교토로 간다.

교토에는 사람의 손으로 만든 아름다운 것이 많으니 이번에는 그쪽을 만끽해야지.

구 라 마 온 천 으 로

교토에서 딱 한나절 동안 일정이 비는 날이 있어서 에이
잔 전철을 타고 구라마에 다녀왔다.

데마치야나기역 앞에서 도시락을 사서 전철에서 먹었다.

소고기 도시락을 샀더니 마치 엄마가 만들어준 듯한 도
시락에 오이가 하나 있어서 깜짝 놀랐다.

그러고 보면 태어나서 처음으로 비행기를 탄 것은 교토
로 여행 갔을 때였다.

지금도 어렴풋이 기억이 난다.

집에서부터 소중히 들고 온 인형(키키 아니면 라라)을 비
행기에 두고 내려 대성통곡했는데, 돌아오는 길에 무사히
되찾아서 기뻤던 것.

그로부터 40년이 눈 깜짝할 사이였다.

인생은 정말 짧다.

먼저 구라마사(鞍)에 가서 참배를 했는데, 태풍이 할퀴고 간 자국이 생각보다 더 생생하게 남아 있었다.

기부네 신사 쪽으로 빠지는 산길도 아직 통행이 금지되어 있어서 가지 못했다.

통행이 재개될 전망은 없다고 한다.

아름드리나무가 도미노처럼 쓰러져 있어서 자연의 힘에는 맞설 수 없다는 것을 실감했다.

아쉽게도 산초떡은 다 팔리고 없었지만, 그 대신 다른 떡을 사서 구라마 온천으로 향했다.

온천에서는 노천탕에 몸을 담그고 한가로운 시간을 즐겼다.

산이 가까이에 있으면 마음이 놓인다.

온천은 일본의 백미로구나.

당연한 일이지만 일본어로 아무렇지 않게 잡담을 나눌 수 있다는 데 감사함을 느낀다.

그리고 수돗물을 그대로 마실 수 있다는 것도.

해가 질 때까지 노천탕에서 하늘을 보고 있었다.

얼마나 큰 호사인지.

이번 교토 여행은 전반은 업무 일정, 후반은 개인 일정이었는데 둘 다 사람을 만나는 여행이었다.

그리고 사람을 만나 이야기를 들음으로써 교토의 웅숭깊음을 실감했다.

마땅히 경외해야 할 교토.

나는 이 나이를 먹고 처음으로 교토에 대한 '외경심'을 느낀 것 같다.

공이 많이 들어간 도시락처럼, 바둑판처럼 생긴 교토에는 도처에 다양한 요소가 가득하다.

오늘은 다시마를 보글보글 삶으며 원고를 쓴다.

겨우 시차 적응이 끝나 밤에 평소처럼 잘 수 있게 되었다.

11월 11일

인 연

교토에서 돌아와 곧장 야마가타에 다녀왔다.

내가 나고 자란 곳이긴 해도 이미 돌아갈 집은 없지만, 그래서 오히려 야마가타를 있는 그대로 받아들일 수 있다.

후쿠시마를 지나 요네자와에 도착한 무렵에는 산세도 깊어져서 순순하게 '아, 예쁜 곳이구나' 하고 생각했다.

마침 단풍이 아름다워서 차창 밖 풍경에 넋을 잃고 있다 보니 순식간에 야마가타에 도착했다.

야마가타 시내에는 내가 아주 좋아하는 카페와 제과점 이 있다.

카페는 비교적 최근에 생긴 듯하지만 제과점은 어릴 적 부터 있었다.

아마 나와 나이가 비슷하지 않을까?

엄마는 내 인생에서 악역을 맡았지만, 가면을 벗은 엄마는 가끔 그 가게의 양과자를 보내줬다.

나는 특히 마카다미아 너트가 든 쿠키에 절반만 초콜릿을 씌운 과자를 좋아해서 멋대로 '초코봉'이라고 부르며 아껴왔다.

엄마와의 관계가 양호했던 시절, 냉장고에는 초코봉이 자주 들어 있었다.

펭귄도 초코봉을 좋아했다.

그러나 관계가 악화되어 엄마가 악역과 점차 혼연일체가 되어간 뒤로는 초코봉이 냉장고에서 완전히 자취를 감추었다.

그 제과점에 오랜만에 들렀다.

가게의 모습도 똑같았고 쇼케이스에 진열된 상품도 거의 변함없었다.

내가 어릴 적부터 가게를 지키던 아주머니 역시 여전했다.

대단한 건 그만큼 세월이 흘렀는데도 빛바랜 느낌이 전혀 들지 않는다는 점이다.

가게에 떠도는 고소한 냄새도 그대로였다.

지금은 주로 따님이 과자를 굽는다고 한다.

내가 가게에 자주 들렀던 건 그야말로 어렸을 때라서 이번에 먼저 인사하지 않았는데, 아주머니가 나의 얼굴을 기억하고 말을 걸어주셨다.

그 점에도 깜짝 놀랐다.

생일이면 먹었던 케이크도 옛날 그대로였다.

이곳의 양과자를 먹고 자란 나는 정말 행복했다는 것을 실감했다.

이것도 저것도 다 그리운 양과자였지만, 아직 여행이 끝나지 않았다는 점을 고려해 사는 것은 최소한으로 했다.

내가 산 것은 건포도 쿠키 샌드 한 개와 파이 반죽이 중간에 들어 있는 앙트레라는 과자, 그리고 초코봉 두 개.

건포도 쿠키 샌드와 앙트레는 여행 도중에 간식으로 먹기 위해, 초코봉은 선물하기 위해.

야마가타에서 돌아온 다음 날 이세탄 백화점에서 나의 책『마리카의 장갑』* 관련 북토크가 열릴 예정이라, 그때 만나 뵐 일러스트레이터 히라사와 마리코 씨와 편집자 모리시타 씨에게 드릴 생각이었다.

그래서 내가 먹을 초코봉은 사지 않았다.

어제가 바로 그 북토크 날이었다.

와주신 여러분, 정말 감사합니다.

• 　이윤정 옮김, 작가정신, 2018.

만나 봬서 기뻤어요!

실은 아침에 나갈 준비를 하면서 마음이 조금 흔들렸다.

초코봉 때문에.

두 사람에게 줄 선물은 다른 것으로 해도 괜찮지 않을까
해서.

그리고 지금 있는 초코봉은 내가 먹어버릴까, 하고.

하지만 '라트비아에 전해지는 열 가지 마음가짐' 가운데
'너그럽게 베풀라'가 있다는 것을 떠올리고, 역시 초코봉은
당초 예정대로 선물하기로 했다.

두 사람에게도 내가 어린 시절부터 좋아했던 양과자를
맛보여주고 싶었다.

『마리카의 장갑』 북토크는 오전과 오후로 나뉘어 진행되
었는데, 오후 행사가 끝나고 희망하는 분들께 사인을 해드릴
때 대학생 아드님을 데리고 온 여자분이 나에게 다가왔다.

야마가타에서 오셨다고 한다.

그분이 종이봉투 하나를 주셨다.

"제가 좋아하는 제과점 제품이에요. 벌써 40년 정도 같
은 맛을 유지하고 있답니다"라고 말하면서.

집으로 돌아와 깜짝 놀랐다.

그분이 나에게 주신 것은 놀랍게도 초코봉이었던 것이다.

세상에 양과자라면 하늘의 별만큼 있는데도.

그 제과점에도 초코봉 외에 여러 상품이 있는데도.

정확히 내가 가장 좋아하는 초코봉이었다.

세상에 이런 일이 다 있다니, 하며 아직까지도 여우에 홀린 듯한 기분에 빠져 있다.

너무 아까워서 손을 댈 수 없다.

역시 내가 사 온 두 개는 선물하길 잘했다.

엄마가 모처럼 그 가게까지 갔는데 초코봉을 먹지 못한 니에게 자비를 베푼 것인지도 모른다.

아니, 분명 펭귄에게 먹이고 싶었던 거겠지. 엄마는 펭귄을 무척 예뻐했으니까.

고인이 좋아했던 음식을 먹는 게 공양이 된다는 이야기를 예전에 들은 적이 있다.

그래서 이번에는 그 생각으로 잔뜩 먹었다.

할머니가 좋아했던 뱀장어와 건포도 쿠키 샌드.

아버지가 좋아했던 사케.

엄마가 좋아했던 앙트레.

온천에 몸을 담그고 많이, 아주 많이 말을 걸고 왔다.

돌아갈 집은 이제 없다고 생각했는데, 이번에 처음 묵은 숙소가 마음에 쏙 들어서 이제부터는 멋대로 그 료칸을 나의 본가로 여기기로 했다.

산과 호수, 그리고 강

2박 3일 일정으로 어른의 소풍을 다녀왔다.

교토에 이어 또 논논과 함께.

마음 맞는 여자 친구와 떠나는 여행이 가장 즐거운 것
같다.

논논이 별을 보고 싶다기에 이번에는 신슈에 가기로
했다.

아쉽게도 날씨가 흐려서 하늘 가득한 별은 상상만 해야
했지만, 호수 앞에 위치한 산장에서 맛있는 요리를 배불리
먹고 편안한 공간에서 평소 쌓인 피로를 풀고 왔다.

여행지에서 아무것도 하지 않는 게 최고의 사치다.

아침에 눈을 떠서 커튼을 열면, 하늘이 맑아서 맞은편에
우뚝 선 산 정상까지 또렷하게 보였다.

아, 예쁘다.

이런 경치를 매일 보며 지내고 싶다.

소파에서 담요를 뒤집어쓰고 시시각각 색깔이 변하는 하늘을 가만히 바라봤다.

오이토선 열차를 타고 마쓰모토로 이동해 거기서 다시 하룻밤 묵었다.

시야에 산이 들어오는 것만으로 묘하게 마음이 안정된다.

마쓰모토는 내가 아주 좋아하는 고장 중 하나다.

별것 없지만 그 별것 없음이 아주 편안하다.

강이 있고 물이 맑고 산이 보이니, 나에게 중요한 요소를 모조리 갖추었다.

아마도 일본 말고 다른 아시아 나라 출신인 듯한 호텔 접수처 직원이 무척 친절해서 고마웠다. 일본어가 너무 유창했던 탓에 처음에는 알아차리지 못했지만.

분명 그런 사람들이 앞으로 많이 늘어나겠지.

그 직원이 알려준 이탤리언 레스토랑의 요리가 내 입맛에 꼭 맞았다.

우리가 먹은 것은 니가타에서 잡은 큰돗대기새우와 북쪽분홍새우튀김, 그리고 보르보치노.

그리고 파스타 가운데 나는 카르보나라를, 논논은 카초에 페페(치즈와 후추만 넣어 만드는 파스타)를 주문했다.

보르보치노는 메뉴판에 달걀 토마토조림이라고 쓰여 있어서 삶은 달걀을 토마토소스로 조린 음식이 나올 줄 알았는데, 넉넉한 토마토소스에 달걀을 깨어 넣은 뒤 그라탱처럼 구운 요리였고 맛이 아주 좋았다.

나이를 먹을수록 위가 작아지는 것 같다.

그래서 좋아하는 음식을 '배 터질 것 같아!' 하기 전까지만 먹는 것이 가장 행복하다.

그렇게 하면 아침에도 괴롭지 않다.

호텔 구매처(라고 논논이 말했다)에서 파는 엽서가 너무 근사해서, 베를린에 있는 친구에게 편지를 써서 우편함에 넣었다.

이것도 여행의 즐거움 중 하나다.

그나저나 마쓰모토는 맛있는 과자의 보고다.

내 취향의 소박한 과자가 잔뜩 있어서 이번에는 여행 기념 선물로 대부분 달콤한 과자를 샀다.

물론 전통의 제과점 가이운도에서 파는 '백조의 호수'도 빼놓을 수 없다.

돌아오는 길에는 논논과 따로따로 특급열차 '아즈사'를 타고 왔다.

언젠가 마쓰모토에서 살게 될지도 모른다.

차창 밖 경치를 볼 때마다 '아, 마쓰모토는 역시 좋은 고장이야' 하고 홀딱 반한다.

바느질하기 좋은 날

오늘은 기분 좋은 토요일.

오랜만에 느긋하게 주말을 보낸 것 같다.

마음에 여유가 있을 때 나는 바느질을 하고 싶어진다.

바느질이라 해도 뭔가 큰 것은 아니고 대개는 걸레다.

걸레를 깁다 보면 마음이 편안해진다.

요즘 여행이 잦았기 때문에 온천에서 받은 수건도 쌓여 있고.

한 땀, 한 땀.

마음을 비우고 걸레를 깁는다.

직접 만든 걸레는 왠지 애착도 생겨서 잘 쓰게 된다.

내가 어릴 적에는 학교에서 자주 아이들에게 걸레를 가져오라고 했다.

그때는 매번 할머니가 기워줬던가.

색깔이 예쁘기 때문에 나는 종종 자수 실을 써서 걸레를
만든다.

오늘은 올이 풀린 천 마스크를 실로 보강했다.

세탁을 거듭하다 보니 솔기가 꽤 느슨해졌다.

이로써 또 몇 년 동안은 쓸 수 있겠지.

밥을 찾아라!

얼마 전 버스를 탔는데 차창 밖으로 후지산이 보였다.

저녁에 복숭앗빛 하늘로 예쁜 실루엣이 떠올라 있었다.

역시 성스러울 정도로 아름다운 산이다. '복숭아 후지'라
는 단어가 혹시 있을까?

한편 유리네는 지금 베를린의 반려견 미용사 집에서 돌
봐주고 있다.

유리네는 그 집을 아주 좋아하기 때문에 심리적인 면에
서는 걱정이 없지만, 곤란한 점이 있으니 밥 문제다.

유리네가 늘 먹는 습식 캔을 내가 인터넷으로 주문해서
미용사의 집으로 배달시키는데, 매번 좀 고생스럽다.

집으로 정확하게 도착한 적이 없는 것이다.

내가 임대한 집도 그렇지만 베를린에는 엘리베이터가 없는 아파트가 꽤 많다.

내가 사는 곳은 우리 식으로 말하자면 3층, 미용사의 집은 5층이다.

일단 일본처럼 세밀한 시간대 지정은 못 하더라도, 이날 오전 혹은 오후에 배달할 예정이라는 식의 안내는 가끔 온다.

그래서 안내를 받으면 집에서 대기하지만, 배달 기사는 초인종을 누르지도 않고 처음부터 다른 곳에 두고 가버린다.

물건이 무겁고 배송지가 위층인데 엘리베이터가 없는 경우에는 특히 그럴 확률이 높아진다.

나도 같은 아파트 이웃의 택배를 자주 맡아주고, 다른 사람이 내 택배를 맡아주는 경우도 많다.

무척 도움 되는 일이지만 그것도 어디에, 혹은 누구에게 맡겼는지 명확할 때의 이야기다.

요전에는 유리네의 밥을 배송시켰더니 예상대로 처음부터 다른 곳에 갖다 뒀는데, 거기가 'Packetshop'이라고 쓰여 있어서 깜짝 놀랐다.

일본으로 치면 '편의점'이라고 써놓은 것이나 마찬가지인데, 어디에 있는 'Packetshop'인지 설명이 일절 없었다.

난처한 일이었다.

결국 미용사가 근방의 'Packetshop'을 한 곳 한 곳 이 잡

듯이 샅샅이 뒤져서 겨우 찾아냈다.

나도 몇 번이나 한탄했지만 독일의 배송 현황은 너무 심하다.

무거워서 나르기가 힘들면 하다못해 밑에서 초인종을 누른 다음 거기에 두고 가주는 편이 그나마 낫다.

일본의 택배 서비스는 너무 과하게 느껴지지만, 독일은 정반대라서 '적당히'가 좋다는 걸 실감한다.

'밥을 찾아라!'로 말하자면 우리 집의 슬로건도 바로 이것이다.

여하튼 냉장실과 냉동실에 갖가지 식재료가 들어 있어서 연일 거기서 음식을 '발굴'해 먹는다.

엊그제는 냉동실 안쪽에서 만두가 나왔다.

아무래도 수제 만두 같았다.

나는 그 만두에 관한 기억이 없어서 펭귄에게 물어봤지만 펭귄도 짚이는 데가 없다고 했다.

아무튼 먹어보기로 했다.

만두소에 돼지고기와 새우, 부추가 들어 있어서 제법, 아니 상당히 맛있었다.

만두피도 직접 만든 데다 얇기까지 했다.

아무개 씨가 준 거 아니야? 아니, 모모 씨일지도 몰라, 하면서 깨끗이 먹어치웠다.

이로써 한 끼를 해결했다.

펭귄이 그 만두의 내력을 떠올린 것은 식후 몇 시간이
지난 뒤였다.

아무래도 마사지를 받으러 갔을 때 그 가게의 중국인 사
장님이 만든 것을 원래 받아야 할 사람 대신 펭귄이 대리로
받아 온 모양이다.

그래서 기억이 좀 흐릿해져 있었다나.

그나저나 먹을 게 끝도 없이 나온다.

매일 장을 보지 않아도 되니 편하다.

모처럼 있는 음식을 썩히는 건 참을 수 없으므로 어쨌거
나 부지런히 소비하고 있다.

목표는 냉장고 텅 비우기다.

누구세요?

전화벨이 울렸다.

"여보세요?"

"Fijawo;fdfheufdierp."

무슨 말을 하고 있긴 한데, 뭐라고 하는지 모르겠다.

"여보세요?"

하지만 상대방은 친근하게 말을 한다.

그래도 누구인지 전혀 모르겠다.

잘못 걸린 전화인가 싶었지만, 어쩌면 펭귄의 지인이 취해서 걸었을 수도 있으니 쌀쌀맞게 굴지도 못한다.

전화를 뚝 끊어버릴 수도 없고, 곤란하네.

수화기를 든 채 한동안 어찌할 바를 모르고 있었다.

스마트폰이라면 상대가 누구인지 곧바로 알 수 있지만,

내 것은 유선전화라서 저쪽에서 이름을 밝히지 않으면 누가 걸었는지 알 수 없다.

그런 경우는 목소리로 판단하는 수밖에 없다.

"누구세요?" 하며 이제 슬슬 끊을까 하던 찰나,

"엄마, 진짜 이 번호 맞아?"

하고 수화기 너머에서 외치는 소리가 들렸다.

응? 엄마?

몇 초 뒤, 수화기에서 들린 것은 이시가키 언니의 목소리.

그제야 알았다.

전화를 건 사람은 언니의 아들인 다오였던 것이다.

중학교 3학년이 된 다오는 완전히 변성기가 와서 예전에 꼬마였을 때의 흔적을 조금도 찾을 수 없었다.

여우에 홀린 기분이란 바로 이런 것이다.

다오라는 사실을 안 뒤에도 너무 큰 변화에 머리가 따라가지 못했다.

이상해서 깔깔 웃어버렸다.

다오는 전화기에 대고 "있잖아요" 하며 예전과 똑같은 말투로 나를 불렀다.

하지만 목소리가 변한 탓에 '있잖아요'의 본래 뜻으로는 도저히 들리지 않았다.

"있잖아요, 맨날 일본에 없으니까"

하며 다오는 지극히 예전처럼 나를 대했지만, 목소리가 달라졌기 때문에 꼭 내가 갑자기 술집 마담으로 발탁되어 단골손님이 "있잖아" 하고 탁한 목소리로 어리광 부리는 것을 듣는 듯한 간지러운 기분이 들었다.

미안해, 다오.

맹세코 전혀 몰랐어.

지난번에 만난 것이 초등학교 6학년 때였으니, 요 3년 사이에 눈부시게 성장했을 터다.

목소리만으로 이렇게 깜짝 놀랐으니까 실물을 보면 뒤로 나자빠질지도 모른다.

처음 만났을 때는 아직 유치원생이었고, 수줍어하면서 식탁 밑에 숨어 있었는데.

10년이 눈 깜짝할 사이에 흘러버렸다.

이번처럼 1년 정도 시간을 두고 누군가를 만나면 그 사람의 겉모습 변화를 여실히 알 수 있다.

요전에 동네 상점가를 걸을 때도 채소 가게 아주머니가 꽤 늙으셨네, 자전거 가게 아저씨는 전보다 허리가 굽으셨구나, 같은 것만 어쩔 수 없이 눈에 들어왔다.

같은 아파트에 사는 아이는 갑자기 키가 확 커서 놀라 자빠질 뻔했다.

물론 나도 그만큼 늙었지만.

매일같이 거울로 자기 얼굴을 보면 그 사실을 좀처럼 깨닫지 못한다.

재미있는 점은 나보다 훨씬 나이가 많거나 적은 사람들의 변화는 아주 쉽게 알아차리지만, 동년배를 만나면 나도 모르게 '하나도 안 변했네!' 하고 생각한다는 것이다.

변하지 않았을 리 없는데.

하지만 신기하게도 변화가 잘 느껴지지 않는다.

상대를 나에게 대입해 호의적인 눈으로 보는 걸까.

2주쯤 전 마트에 갔다가 어느새 설 장식을 파는 걸 보고 놀랐는데, 잘 생각해보면 이미 11월도 끝나가니 이제 며칠 후면 섣달을 맞이한다.

베를린에는 벌써 눈이 왔고 크리스마스 마켓도 시작되었다.

내 마음이 쫓아가지 못할 뿐, 세상은 벌써 연말 분위기에 젖어 있다.

그리하여 요즘의 즐거움은 슈톨렌*이다.

작년에 독일에서 기대하며 먹었지만 역시 일본 집 근처

---

* 크리스마스 기간에 독일에서 만들어 먹는 전통 빵.

제과점에서 파는 슈톨렌이 훨씬 맛있다.

게다가 올해의 슈톨렌은 이제까지 먹었던 것보다 더 맛있다.

오늘 저녁에도 냉동실에서 발굴한 청새치 간장절임을 구워 먹었다.

수분이 빠져 자갈처럼 딱딱해진 적된장은 어찌어찌 풀어서 부드럽게 만들고, 맛술로 단맛을 더해 후로후키를 만들어 먹었다.

이럴 때 유자를 아낌없이 곁들일 수 있는 것이 정말 행복하다.

유자는 추운 겨울을 웃는 얼굴로 바꿔주는 최고의 식재료다.

고마워!

친구가 죽은 지 일주일이 지났다.

베를린에서 곧잘 함께 밥을 먹고, 온천에 가고, 소풍을 갔다.

내 머리를 잘라준 것도 그 친구였다.

또 다른 친구 하나까지 셋이서 늘 깔깔 웃으며 밤늦도록 이야기꽃을 피웠다.

암이라는 것은 알고 있었고, 재발했다는 이야기도 들었다.

물론 친구의 몸 상태를 신경 쓰긴 했지만, 그 이상으로 아무렇지 않게 대하려고 유의했다.

1년 전에는 설마 친구가 1년 뒤에 천국으로 가버릴 줄 상상조차 하지 못했다.

돌이켜보면 요 1년 동안 우리는 종종 무언가에 홀린 듯이 우주와 죽음에 대해 이야기했다.

하지만 이런 결말을 맞이하리라고는 조금도 예상치 못했다.

친구는 올여름 아들을 데리고 일본으로 돌아오던 중 몸이 안 좋아져서 이제 베를린에 돌아가지 못하게 되었다.

그 뒤로는 오이타의 친정에서 가족들에게 둘러싸여 투병 생활을 했다.

8월에 한 번 상태가 크게 악화되어 생사를 헤매면서도 기적적으로 목숨을 건졌고, 한 차례 건강해졌다.

그래서 본인도 주변 사람들도 그대로 건강을 되찾으리라 생각했다.

하지만 그리 쉽지 않았다.

암은 친구의 몸속에서 착실히 세력을 키우고 있었다.

10월에 내가 일본으로 돌아왔을 때, 친구의 부탁으로 독일에서 파는 아로마 오일을 사 와서 선물로 보냈다.

그것을 받은 친구로부터 아주 명랑한 메시지가 와서 안심했다.

하지만 그 후 순식간에 상태가 나빠져 마지막으로 통화할 때는 의식이 거의 없었고, 대량의 피를 토한 적도 있으며 애처로울 정도로 야위었다.

그래도 의식이 몽롱한 와중에 "다 나으면 숲속에 미용실을 열고 싶어"라고 말했다.

말을 하는 모습을 본 것은 그때가 마지막이었다.

세상을 떠나기 전 일주일 동안은 거의 의식이 없는 상태였지만, 가족들은 매일 이벤트를 기획해 개인기 대회를 개최하고 라이브로 노래를 하고 친구의 생일 파티를 조금 앞당겨 열었다.

그 모습이 너무 근사해서 가족은 좋구나, 하고 진심으로 생각했다.

친구가 주위 사람들과 어떤 관계를 맺으며 살아왔는가, 그 대답이 그것이었다.

이혼하고 혼자 초등학생 아들을 키우고 있었는데, 마지막에는 전남편도 친구의 친정으로 달려와 좋은 시간을 보냈다.

모든 것을 용서하고 살아 있는 동안에 사랑으로 치환시켰으니 정말 훌륭하다고 생각했다.

세상을 떠나기 며칠 전이었다.

젊은 시절 찍은 친구의 사진이 메신저 앱의 그룹 대화창에 전송되었다.

거기에는 중학생인지 고등학생인지, 아무튼 10대 시절 찍은 친구의 사진이 있었다.

그 사진을 보고 모두가 깜짝 놀랐다.

화장을 하고, 새빨간 립스틱을 바르고, 가슴에 하얀 천을 튜브톱처럼 둘둘 두르고, 바닥에 닿을 듯이 긴 치마를 입고, 카메라 렌즈를 힘껏 노려보고 있었다.

"꺄아, 여자 깡패다!!"

"우리한테 숨겨왔어."

"엄청 세 보여!"

"기세가 장난 아니네."

우리는 무척 흥분했다.

나도, 그리고 다른 친구들도 웃으면서 눈물이 멈추지 않았다.

본인은 이미 혼수상태였지만, 그건 그야말로 친구가 보낸 선물로밖에 생각할 수 없었다.

그런 슬픈 상황에서도 우리를 웃겨주다니, 정말이지 그 친구다운 조치였다.

분명 친구는 "들켰네" 하고 중얼거리며, 우리의 모습을 보고 득의양양하게 웃었을 것이다.

8월에 세상을 떠나도 이상하지 않은 상태였는데, 생환해서 그때부터 가족들과 함께 나날을 보낸 것은 친구에게도 행복한 일이었다. 하지만 그것은 그보다 가족과 주변 지인이 친구의 죽음을 받아들이기 위해 필요한 시간이기도 했다.

이제 살아 있는 친구는 만날 수 없구나.

그렇게 생각하면 침울해지지만, 요 1년 동안 "죽어도 영혼으로 계속 살아가는 거야"라는 이야기를 질릴 정도로 해왔기 때문에 '친구가 조금 빨리 모습을 바꾸었을 뿐, 또 언젠가 어딘가에서 만날 수 있겠지'라는 생각도 한다.

그래서 오늘은 친구의 명복을 빌며 향을 피웠다.

향은 세상을 떠난 사람의 영혼에 밥이 된다고 한다.

하지만 궁극적으로 말하자면 그 또한 남겨진 사람들을 위해서랄까, 남은 사람이 그렇게 믿음으로써 애도에 도움을 얻고자 하는 행위인지도 모른다.

친구는 특별히 사랑스러운 인생을 온 힘을 다해 살아냈다.

오늘은 냉장고 안쪽에서 삶은 고비를 발굴했으니 매콤달콤하게 조려 먹어야겠다.

냉장고 속이 순조롭게 비어가긴 하지만, 아직까지는 버틸 수 있다.

나의 색깔

냉장고 비우기 계획은 거의 달성했다.

텅 빈 냉장고를 깨끗하게 닦았다.

부엌 주변의 바닥도 베이킹 소다를 뿌리고 걸레질을 했다.

창문도 닦았고 이불도 빨았으니 그럭저럭 기분 좋게 새해를 맞이할 수 있는 상태가 되었다.

나는 이제부터 한국에 간다.

한일 교류 이벤트에 초청을 받아 처음 방문하는 것이다.

가까운 나라인데도 가기까지 시간이 너무 많이 걸렸다.

한국에는 내 책이 대부분 번역되어 있다.

그래서 언젠가 가보고 싶다고 생각하고 있었다.

좀 지난 이야기지만 교토에 간 것은 잡지 《나나오七緒》

의 취재 때문이었다.

'기모노를 입고 새해를 맞이하기 위한 설 용품을 갖춥시다'라는 기획이었다.

그 필두가 주반*이라서 이번에는 직접 옷감부터 골랐고, 게다가 그 옷감을 내가 좋아하는 색깔로 염색했다.

말하자면 주문 염색이다.

지금보다 훨씬 젊었을 때 엄마가 만들어준 주반은 진한 분홍색이었고 천도 두툼해서, 엄마한테는 미안하지만 서랍 밖으로 나올 일이 잘 없었다.

기모노는 입으면 땀이 꽤 많이 나서 주반은 특히나 그 영향을 받는다.

그래서 나는 늘 부담 없이 세탁할 수 있는 '페이크 주반'(이라는 종류가 있답니다)으로 눈속임을 해왔다.

주반은 겉에서는 안 보이니 별로 신경을 쓰지 않았다.

그런데 어딜, 교토 출신 친구가 말하기를 "좋은 옷을 지었네" 하고 기모노 옷감을 보는 척하며 잽싸게 그 속의 주반을 품평한다는 것이다.

무서운 교토 사람.

하지만 그러는 것도 알 만하다.

---

* 일본의 전통 속옷.

보이지 않는 곳에야말로 그 사람의 본질 같은 것이 드러나는지도 모른다.

그저 주반이라도 중요한 것이다.

게다가 주반의 전체 모습은 확실히 겉에서는 안 보이지만 끝부분이 살짝살짝 드러난다.

그리고 그 '살짝살짝'이 실은 아주 중요할 때도 있다.

나도 반올림하면 쉰 살이니 주문 제작 주반 정도는 있어도 괜찮은 나이인지도 모른다.

어떤 옷감을 써서 어떤 색으로 물들였는지는 꼭 잡지에서 확인해주세요!

그 외에 이번에 취재한 곳은 다시마 가게, 커피숍, 꽃집, 선향 가게.

모든 가게가 다 좋았다.

하지만 이번 여행에서 교토의 오싹할 정도로 끝없는 무서움을 느낀 것도 사실이었다.

역사가 너무나 깊고 심오해서 간단히는 그곳에 들어설 수 없는 느낌.

교토 사람이 고상해지는 것도 당연하다고 생각한다.

그도 그럴 것이, 시간 감각이 전혀 다른걸.

주반과 함께 오비아게*도 흰 천을 내가 좋아하는 색깔로 물들였다.

오비아게 역시 주반과 마찬가지로, 전체 모습은 보이지 않지만 어떤 것을 선택하느냐에 따라 인상이 확 바뀌는 중요한 요소다.

오비아게는 깔끔하게 접혀 있는지 아닌지에 따라 촌스러워지기도 하고 세련되어지기도 한다.

오비아게가 전혀 안 보여도 이상하고 너무 많이 보여도 이상하니, 정말 고민스러운 소품이다.

하지만 이것이 장차 나의 중요한 날 매는 오비아게가 되어주지 않을까 기대된다.

어느 기모노와 오비에 매치시킬지 상상만 해도 즐겁다.

기모노 소품에 주문 제작품이 늘어나는 것은 무척 행복한 일이다.

다음에 일본으로 돌아올 때는 염색한 옷감으로 주반을 지어야지.

자, 이제 출발할 시간이다.

- 기모노의 허리띠인 오비가 흘러내리지 않도록, 오비의 매듭에 관통시켜 몸통에 두르는 헝겊 띠.

환 영 의 눈

서울에서 열린 한일 교류 이벤트의 주제는 '소소한 공감'
이었다.

나는 1부 북콘서트에서 소설가 가쿠타 미쓰요 씨와 함께
책의 내용과 일상생활에 관한 질문을 받았고, 2부 뮤직콘서
트에서는 책 낭독을 했다.

게다가 책 낭독은 양방언* 씨의 피아노 반주와 함께여서
상당히 두근거리는 시도였다.

내가 읽은 것은 『달팽이 식당』의 한 구절.

뒤쪽 스크린으로 한국어 번역이 나왔다.

결과적으로는 뭐, 합격점일까.

---

*   재일 한국인 2세 음악가. 2018년 평창 동계올림픽 음악감독을 역임했다.

양방언 씨가 연주해주시는 피아노 소리에 맞춰 낭독할 수 있다니, 평생의 기념이 되었다.

이번에 가쿠타 미쓰요 씨와 함께했던 것도 무척 영광이었다.

평생의 기념이라 하면 주한일본대사 관저에서 한 점심 식사도 인상적이었다.

서울의 중심부에서 조금 떨어진 산기슭에 있는 대사 관저에 초청을 받아 다른 참석자들과 함께 점심을 먹었다.

나가미네 일본 대사 부부가 따뜻하게 환대해주셨다.

이국땅에 있다는 사실을 잊을 정도로 다양한 일본 음식에 감동했다.

전날 밤에 먹은 한국 요리도 맛있었고, 이벤트 전에 제공해주신 도시락도 맛있었다.

한국은 이렇게 가깝고도 매력적인 나라인데 어째서 더 빨리 오지 않았는지 후회되었다.

역시 자신의 눈으로 보고, 직접 느끼고 맛보는 것이 정말 중요하다.

한국어로 번역된 『츠바키 문구점』을 읽고 실제로 가마쿠라를 여행하는 사람도 늘고 있다는데, 소소하게나마 교류의 계기가 되고 있는 듯해서 기쁘다.

보통은 만날 일이 없는 한국 출판사분들을 뵌 것도 진심으로 행복했다.

　이번에는 일 관련 스케줄이 꽉 차 있어서 자유 시간이 별로 없었지만, 다음에는 꼭 개인적으로 방문해 미술관과 한국의 사찰 요릿집을 둘러보고 백자를 구경하는 여행을 즐기고 싶다.

　서울을 떠나는 날 아침, 호텔 커튼을 젖혀보니 설경이 펼쳐졌다.

　눈이 하늘하늘 춤추듯 흩날리고 있었다.

　눈길을 걷고 싶어서 좀이 쑤셨지만 호텔로 돌아오지 못하면 큰일이니 꾹 참았다.

　서울에서 나리타로 날아가 하룻밤 묵고, 나리타에서 헬싱키를 경유해 베를린으로 향했다.

　베를린에서도 눈이 나를 맞이해줬다.

　두 번 연속으로 보는 환영의 눈이었다.

　거의 두 달 만에 유리네와 붙어 잤다.

　역시 가족은 이래야지.

　헬싱키로 향하는 비행기에서 〈어느 가족〉과 〈일일시호일〉을 봤다.

　두 편 다 일본에 있는 동안 보려다가 못 본 영화였는데,

운이 좋았다.

그리고 오늘 아침, 신문에 실린 기사를 보고 마음이 가라앉았다.

미나미아오야마*에 아동상담소를 만들려는 계획이 주민들의 반대로 어려움을 겪고 있단 건 알았지만, 반대하는 사람의 의견을 읽고 그만 할 말을 잃어버렸다.

"세 아이를 미나미아오야마의 초등학교에 보내려고 땅을 사서 집을 지었다. 물가가 비싸고 학교 수준도 높으며 학원에 다니는 아이들도 많다. 시설의 아이가 오면 괴로워하지 않겠는가."

"아오야마의 브랜드 이미지를 지키고, 땅값을 떨어트리지 말기 바란다."

좋아서 아동상담소 신세를 지는 사람은 아무도 없을 텐데.

이것이 현실인가 생각하니 망연해졌다.

물론 모두가 반대하는 것은 아닐 테고, 수많은 찬성의 목소리보다 몇 안 되는 반대의 목소리가 더 크게 울리고 있으리라는 것도 상상이 된다.

그렇다 해도 말이다.

반대 입장이라면 과연 어떻게 느낄까.

---

* 도쿄에서도 작고 세련된 상점과 고급 디자이너 부티크로 유명한 지역.

부모에게서 학대당하고, 게다가 용기를 내어 손을 뻗은 사회로부터도 차가운 반응이 돌아온다면 그 아이는 대체 어디에서 도움의 손길을 찾아야 할까.

이 또한 자신의 책임인 걸까.

〈어느 가족〉을 본 직후이기도 해서 생각이 아주 많아졌다.

어제는 자기 키만큼이나 큰 크리스마스트리를 어깨에 짊어지고 걷는 사람을 몇 명 봤다.

적어도 크리스마스 정도는 온 세상 사람들이, 특히 어린 이들이 마음 편히 지냈으면 좋겠다.

일기라는 장르

이 책 『완두콩의 비밀』은 『츠바키 문구점』 『달팽이 식당』 등의 소설로 한국 독자들에게 친숙한 작가 오가와 이토가 2018년 한 해 동안 자신의 홈페이지 〈이토 통신〉에 올렸던 일기를 묶은 것이다. 2017년분 일기였던 『두둥실 천국 같은』에 이어 이번에도 반려견 유리네와 함께 하는 베를린 생활을 중심으로 파리, 오세르, 카우나스, 홋카이도 등지를 여행하는 저자의 하루하루가 묘사되어 있다.

소설과는 달리 에세이는 글 속에 등장하는 인물과 지명, 사물 등이 현실 세계에 존재한다. 때로는 팩트 체크를 하기 위해, 또 때로는 그저 그 공간이나 물건이 어떻게 생겼는지 보고 싶어서 에세이를 번역하는 도중에는 다른 어느 때보다 검색을 많이 하게 된다. 이번에는 이 책에 등장하는 도시들을 구글맵으로 찍어보며 번역했다. 베를린의 트램 수리 공장과 티어하임, 카우나스의 몬테 파시스 호텔, 벨라루스와 폴란드의 국경에 있는 비아워비에자 숲 등도 사진을 여러 장 찾아봤다.

코로나19로 인해 여행길이 막힌 것은 2020년 초부터였고, 요즘 상황이 많이 괜찮아졌다고는 해도 아직은 마음 편히 지구 반대편으로 떠날 수 있는 것은 아니다. 그래서 저자가 2018년에 자유롭게 세상을 돌아다니면서 쓴 이 일기를 2022년 여름에 번역하며 구글맵으로나마 이국적인 풍경을 감상하는 것은, 나에게 작은 해방감(과 강렬한 여행 욕구)을 안겨주었다.

베를린 사람들은 길바닥에 크리스마스트리를 내버린다거나, 섣달 그믐날 반려견이 과호흡을 일으킬 정도로 시끄럽게 불꽃놀이를 한다거나, 사우나는 남녀 혼탕이라거나, 전기요금 지불 방식이 지극히 합리적이라는 등 여하튼 현지에서 살아보지 않으면 알 수 없는 소소한 정보(?)들을 저자의 일기를 통해 접하는 것도 즐거운 경험이었다.

얼핏 보면 그날 있었던 일을 생각나는 대로 가볍게 쓴 듯한 글이지만, 실제로 이만큼 규칙적으로 일기를 쓰려면 많은 시간과 노력이 필요하다는 사실을 우리 모두 알고 있다. 스마트폰의 등장 이후 사람들은 일상에서 기억하고 싶은 장면을 마주하면 사진을 찍어 SNS에 올린다. 그편이 밤에 책상 앞에 앉아 그 장면을 회상하며 문장을 만드는 것보다 훨씬 간단한 기록 방식이다.

하지만 누군가는 굳이 그 번거로운 일을 한다. 낮에 다녀온 공원에 대해, 아까 마주친 사람에 대해, 자신의 생각과 감상을 언어로 정리해 한 자 한 자 써나간다. 그렇게 모인 저자의 1년치 일기를 한꺼번에 읽고 옮기며, 나는 내가 의외로 일기라는 장르를 좋아한다는 사실을 깨달았다. 일기는 사진이나 동영상보다 훨씬 비밀스럽고도 상세하게 글쓴이가 어떤 사람인지 알려준다. 자주 가는 카페, 즐겨 걷는 산책로, 하루의 패턴, 어제 본 영화와 그에 대한 느낌들. 책장을 덮은 후 일기의 주인을 잘 알게 된 듯한 착각에 빠지는 건 나뿐만이 아닐 것이다. 저자를 아끼는 팬들에게 이보다 더 좋은 선물은 없으리라 생각한다.

이 책을 번역하며 정작 내 일기는 단 한 줄도 쓰지 못했다. 누구에게 보여줄 일은 없을 것 같지만 이제부터는 짧게라도 일기를 써봐야겠다는 생각이 든다. 마침 새로운 결심을 하기 좋은 연말이다.

2022년 12월 말
이지수

완두콩의 비밀

초판 1쇄 인쇄 2023년 2월 1일
초판 1쇄 발행 2023년 2월 15일

지은이 오가와 이토
옮긴이 이지수
펴낸이 하인숙

기획총괄 김현종
책임편집 김종숙
디자인 studio forb

펴낸곳 더블북
출판등록 2009년 4월 13일 제2022-000052호
주소 서울시 양천구 목동서로 77 현대월드타워 1713호
전화 02-2061-0765 **팩스** 02-2061-0766
블로그 https://blog.naver.com/doublebook
인스타그램 @doublebook_pub
포스트 post.naver.com/doublebook
페이스북 www.facebook.com/doublebook1
이메일 doublebook@naver.com

© 오가와 이토, 2023
ISBN 979-11-980774-6-2 (03830)